U0113868

新风 自然之美经典文丛

枇杷林里

郭 风——著

郑斯扬——编

海峡出版发行集团

海峡文艺出版社

图书在版编目(CIP)数据

枇杷林里/郭风著;郑斯扬编. 一福州:海峡文艺
出版社,2024.8
 (郭风自然之美经典文丛)
 ISBN 978-7-5550-3767-5

Ⅰ.I267

中国国家版本馆 CIP 数据核字第 2024N8H020 号

枇杷林里

郭　风　著　郑斯扬　编

出 版 人　林　滨
责任编辑　林可莘
出版发行　海峡文艺出版社
经　　销　福建新华发行(集团)有限责任公司
社　　址　福州市东水路 76 号 14 层
发 行 部　0591—87536797
印　　刷　上海盛通时代印刷有限公司
厂　　址　上海市金山工业区广业路 568 号
开　　本　720 毫米×1010 毫米　1/16
字　　数　180 千字
印　　张　17
版　　次　2024 年 8 月第 1 版
印　　次　2024 年 8 月第 1 次印刷
书　　号　ISBN 978-7-5550-3767-5
定　　价　58.00 元

如发现印装质量问题,请寄承印厂调换

郭风：永远的叶笛诗人

郭风（1918—2010），原名郭嘉桂，回族，福建莆田人，中国散文家、儿童文学家。郭风一生笔耕不辍，创作生涯历经 60 多年，留下大量的文学佳作。早在 17 岁时，他就开始文学创作，在 23 岁时，他首次以"郭风"之名发表散文诗《桥》，这为其进入文坛奠定了某种基调。组诗《桥》有一个敏锐的见解——平凡亦是伟大，这个见解反映了他个人的思想，也折射出他所遵循的批评观。1957 年，《人民日报》3 月号以显著的位置和大块篇幅，推出郭风的《散文五题》。这五篇散文：《闽南印象》《木兰溪畔一村庄》《水兵》《榕树》《叶笛》，集中描写了闽南的自然风光。诗化的闽南不仅是人物生活的背景，而且作为美好生活的象征独立了出来。独特的视角、诗意的语言和丰沛的情感为郭风赢得了"叶笛诗人"的美誉。与此同时，《文艺报》发表高风的文章《叶笛之歌》，首次提出郭风的散文就是散文诗，指明郭风散文的审美特性。这篇评论文章不但激活了郭风内心的感悟，而且也确证了其散文的艺术理性。而后，郭风又陆续发表散文诗《麦笛》《故乡的画册》《海的随笔》等作品，此时的郭风已经在文坛产生影响，他的美学风格也在叶笛与麦笛的合奏中不断吹响。

起初，人们多是通过诗化的南国散文认识郭风，但是他散文创作的重要意义在于他完好地发展了五四新文学中散文诗的创作理路。五四时期鲁迅的《野草》可谓"最为杰出的散文诗"，沈尹默、刘半农、郭沫若、郑振铎、张闻天等人译介的屠格涅夫、波特莱尔、泰戈尔等人的散文诗和研究著作对中国散文诗的产生和发展起到重要的促进作用。俞平伯的《冬夜》、冰心的《繁星》《春水》、许地山的《空山灵雨》、焦菊隐的《夜哭》《他乡》等散文诗集，是现代中国文学史上散文诗重要的起步之作，为中国散文诗文体的定型和艺术理论建设起到奠基作用。郭风是中华人民共和国成立后首开散文诗创作之风的作家。关于郭风的散文，有一个引人瞩目的特点：他把地方风物带入创作中，凸显田园牧歌的意境和情调，创造了一个充溢醇厚乡土气息的南国世界。因此，郭风的散文颇具地方特色，这种创作在现代散文诗中并不多见。郭风非常重视散文诗的结构美，他的创作追求凝练、生动、含蓄，给人以深沉的生命感、强烈的归属感、热烈的幸福感。1960 年，上海的《文汇报》发表冰心的文章说："最近，我又看到郭风的新的散文集《山溪和海岛》。它重新给我以很大的兴奋和喜悦！在这本选集里，郭风所描写的范围更广阔了，情绪和笔调更欢畅了。山溪、森林、海岛、渔村……都被迎着浩荡的东风而飘扬高举的红旗所映射，显得红光照耀，喜气洋溢。这些作品是祖国海山的颂歌，伟大的中国共产党的颂歌！"

在散文、散文诗集《英雄和花朵》《曙》中，郭风看见光明、追逐光明、描绘光明，他引领读者在曙光里看到民族的荣耀、人民的意志、英雄的诗情。具体到这些文字的传达里，也是意境新鲜、语言洗练、情感充沛。他用光影和色彩表现奔驰的火车、奔腾的长江、闪耀的海景、古老美丽的村镇，将胜利的喜悦推至山川河岳、日月星辰、花草树木以及万事万物之上，从而发展了一种更为细腻的情感，激发了内在经验，形成新的艺术意味。郭风散文集《避雨的豹》以动物与植物为故事题材，是专门写给孩子看的。《初霜》《丘鹬、溪鲫和虾……》等特别看重知识性和趣味性，具有启蒙教育作用，即便是成年人也能从中收获乐趣。在郭风的艺术理想中，自然美和艺术美之间是相通的，艺术价值从被表现的自然之美中升腾起来，不断形成积极的心理价值。写过《郭风评传》的王炳根曾说："再没有这么纯净天真透明的老人了，他的文是干净的，人也是干净的。他就是个小顽童，有一颗孩子的心……"在《我与散文诗》中郭风曾说："我有一个奢望，这便是：我想通过不懈地、持续地运用诗篇，来描绘自然风景美，以表现一个总的文学主题，即人们的内心如何在感知自然美，内心有多少对于光明、欢乐和美的渴望，不止的追求。这些，关系到人的情操和道德。因而，从某种意义上来看，这是表达一种更为宽广的、永久的政治主题。"

1981年，《人民日报》刊发《我与散文诗》。文中，郭风回顾了个人散文创作的缘起和历程，特别指出一个作家的创作风格和创作观点的形成，与他个人所受教养、成长环境、童年生活存在重要联系，可能影响他的终生实践。长期以来，郭风对散文、散文诗的理论问题进行了许多细致的探讨，发表的文章遍及各种大小报刊。概括起来主要分为三个方面：散文诗的渊源、散文和散文诗的文体、散文的鉴赏与选本。尽管这些论述还不能自成一个完善的理论体系，但某些文论，如《有关散文创作的书简》《谈散文诗》《有关散文的对话》等已经系统回答了一系列思想性和艺术性的重要问题，为更好地继承与发展中国散文传统提供了方向性的意见和建议。1994年，郭风在《文学评论》发表了31则极富哲理意味的《散文偶记》。可以说，这是郭风又一篇散文力作，再次丰富了他的散文文体，而且还是一篇别具特色的理论文章，更重要的是郭风将他几十年来对散文之道思考的"秘密"公之于世。它综合了郭风以前在《散文诗创作答问》《格律诗和散文》《散文诗断想》以及《有关散文的评价》《关于选本》等文章中提出的思想，并对其进行系统、深入、精简、凝练的哲理性概括。郭风认为，散文中看到的某种人格境界，乃是作家学识、见识、阅历以及气质、品质之综合一体的最高艺术境界。郭风也正是如此！耄耋之年的他还在用自己的智慧和经验推进散文写作的发展，并大力帮助后辈作家们开拓散文写作空间。可以说，他的创作实践和理论建设为我国的散文繁荣和发展做出了令人瞩目的贡献。

"郭风自然之美经典文丛"共计5册，分别是《夏日寄思》《枇杷林里》《海边的早晨》《落日风景》《秋窗日影》。为了更加准确全面地呈现郭风散文创作的成就，我以作品发表、出版的时间先后为序进行选编，力求在有限的篇幅之中，展示郭风从20世纪30年代至21世纪初的创作生涯。各分册的书名直接以散文题目命名，之所以如此，是因为题目本身就是郭风情感力量下的硕果，体现了他内心世界的感受、期待和追求。那些贮满闽南风情的散文诗质朴清新、诗情画意、天趣盎然，是郭风散文创作中最具特色和魅力的部分。这些作品多集中在郭风早期的创作中，因此文丛尽可能多地选择了最具代表性的作品，构成了选集的重要内容。

文丛中以"致 E·N"为副标题的散文，实际上是郭风写给一位女性友人的信。郭风以第三人称，含蓄地道出爱与思念，表达了自己的爱慕之情，但这些信从未向友人寄出。在《郭风全集》中共有 8 篇以"致 E·N"为副标题而出现的散文，文丛选择了其中的 5 篇，从中可以感受到郭风慎重处理情感的方式与严谨的个性。

郭风成长在福建莆田，民间的、乡土的文化和艺术深深滋养着他的心灵，从小就培养起对乡土的眷恋之情，成为他最早的审美启蒙教育。他曾说："这种艺术熏陶所培育的艺术趣味，在尔后我的创作实践中，总是给我以某种提醒，某种召唤，某种启示：应该尽自己力之所及，使自己的作品——在这里，我说的是使自己所作的抒情散文、散文诗，具有浓重的乡土气息，具有民间的、乡亲的情绪。"文丛注重选择表现闽南乡间风光和具有乡土生活情景的作品，构成选集的主体，为的就是展现郭风个人的、自我的和精神方面的个性气质。

文丛的选编过程，就是文学经典化的过程——让更多的人了解郭风究竟是怎样的一个人，他一生中为什么会反复描绘自然风物，故乡为什么会成为他终身灵感的来源。这样的疑问以最自然的方式引导人们走近郭风、走近文学，进入议论和阐释之中，从而进行更新形式的传播。这才是文学经典所追求的理想。

文丛选编内容来自王炳根先生所编《郭风全集》的散文、散文诗卷。诚然，依托《郭风全集》开展选编可以最大程度上避免遗珠之憾，选编工作之所以有序顺利，那是因为我站在了巨人的肩膀上。这里要向王炳根先生致以最真挚的敬意！

在选编的过程中，我还得到郭风之女郭琼芹女士和女婿陈创业先生的支持和帮助，在此特别致谢！阅读这些美文让我收获颇多思索与启发，相信阅读这套文丛的读者，也将与我一样收获愉快与启示。

郑斯扬

2024 年夏于福州

目　录

琅岐岛散记

海堤像战壕又像高高的城垣一般，环绕着琅岐岛的海岸。而水库和水闸，好像明珠和玉佩，用无数的水渠的玻璃似的带子串起来，系在琅岐岛的胸前。

琅岐岛上有十八座水库，和很多的山塘。在 9 月的灿烂的阳光下，像神话中东海龙宫的明珠一般，嵌在山巅和峡谷里。

琅岐岛上有三十二座水闸，有单孔的和双孔的。山上人工湖里的湖水，山塘里的塘水，通过它们的闸门，哗哗地流过水渠，流过水浦，流过稻田和地瓜园……

琅岐岛上有一千多条的水渠和浦道。在 9 月的灿烂的阳光下，像会流动的玻璃带子一般，流过山中的峡谷，流过村庄和畜牧场的门前。流过长着沙竹和种着龙舌兰的沙仑，从宽阔像的田间大道旁边流过。流过稻田和开着紫色喇叭花的地瓜园。流过菜园和正在繁忙收割的黄麻地。

环岛竖立着九十华里长的大海堤内，水渠沿着海堤流着。

大水渠上面，铺着板桥。公社的奶牛成队地走过。它们到牧地上去吃草。

有水凫在水渠里游泳。有大白鹅和成阵的小鸭在水浦里游泳……

哦，琅岐岛上有那么多的水渠和浦道，有那么多的水库和山塘！

有许多水闸，它们的闸门开放时，水便哗哗地哗哗地流出来，流出来……

英雄的琅岐岛上的人民，你们已把水控制住。你们把水按照你们的意志，汇聚在山上的人工湖和众多的山塘里。你们的水闸指挥着水的行动，水沿着你们的水渠和浦道流动着。

水是美丽的。可是它，曾经给琅岐岛的人民带来大灾难。山洪暴发了，山崩地裂！一阵暴雨，山洪夹杂着山上的泥沙，到处奔窜，淹没了田园，冲坏了村屋和畜栏。在过去，琅岐岛上的山，水土流失；山是秃的，瘦骨嶙峋；而岛上三万五千多亩的田园，有两万七千多亩是遇到一阵暴雨便成泽国。地瓜藤烂了。稻禾长得像茅草。1921年的一次山洪和海潮的四面夹攻中，单是金沙乡，被淹死和卷进大海的便有三百余人，全岛由于饥饿和疾病死亡的有一千多人，单金沙、云龙、凤窝和海屿四个乡的三千多户人家，跑出去逃荒的就有一千余人！

可是，在过去，在琅岐岛上，十天不下雨，便又形成干旱。滨海地区大半是沙质地，靠山的田园是黄土地，二十天不下雨，土地和田园便干渴了，泥土龟裂。

在黑暗的反动派统治的岁月里，海潮、山洪和干旱，曾经和旧世界的剥削制度、地主恶霸、兵痞，共同给岛上的人民带来灾难。

要在这个海岛上建立一个自由幸福的花园，必须驾驭海，必须制服山洪，必须斩断旱魃的魔爪！

当岛上的人民用他们的集体力量和智慧，不断地和大海搏斗，把一道一道的海堤筑起来的时候，他们还集中兵力不断地和涝旱的灾难做斗争。英雄的金沙乡（现在的金沙大队），当你们在海滨筑起两道海堤，守卫住全乡几千亩的田园以后，你们立即在这一大片的平原里修起一条一条的水渠和浦道，在渠道间筑起一座一座的水闸，而且又把你们的火力集中起来，把全部兵力开到山上去，在龙虎山上，捏住山洪的咽喉：慎平吴庄与旗杆两个山头之间的空隙，筑起大坝，建成全岛的第一座中型水库。英雄的金沙乡，当你们在开挖岛上的水渠和浦道时，你们没有水平仪，你们用饭碗装满清水放在木尺上代替水平仪。当你们修筑水闸的时候，你们上山学打炮眼，用炸药爆破山岩，运到工地代替钢骨。当你们修建水库的时候，开工的第二天，山上的泥层下面，到处出现顽固的岩石，锄头一把一把地碰断了，你们打出特制的山锄，终于把巨大的岩石开挖出来。那是多么迷人的除夕夜呵，在一年告终的良宵，你们在工地上点起十二盏明亮的汽灯，你们要赶在春水到来之前抢修大坝来迎接新的春天！狂风刮起来了，暴雨打在你们的身上，十二盏明亮的汽灯，被打掉十一盏！山洪孽龙似的冲击着水库的堤坝。你们在仅有的一盏汽灯的照明下，在狂风暴雨的嘶喊和山洪的滚滚冲击下，把乡里所有的门板都搬来，把所有能够抵挡山洪冲击的木料都搬来，你们一直战斗着，坚持着，终于把水库大坝保卫住了，狂风和骤雨在你们面前退却了，山洪被你们制服在大坝之内。你们只用了三十天的时间，在龙虎山上筑起了一座蓄水量十六万方的中型水库，一个绿水荡漾的人造湖。

人们用自己的集体智慧和创造性，用坚强的双手，在琅岐岛上，在山岭上，在田园和平地里，这里，那里，把一座一座的水闸，一条一条的水渠和浦道，一个一个的山塘和人工湖，开挖、修筑起来。

　　1958年，光辉灿烂的1958年，在党的建设社会主义总路线的照耀下，在"大跃进"的热潮的推动下，岛上人民的智慧之花怒放。8月间，几千人，几万人，全岛的人民打起锣来，敲着鼓，举着红旗，递送红色的决心书，递送红色的申请书！8月间，在全岛人民的热火朝天的欢呼中，琅岐岛人民公社成立了！10月间，岛上的人民，在党的旗帜下，向大海又下一道檄文！公社调动了一万余人，以四十多万土方，把岛上原来的海堤连接起来，又筑高，又筑厚，一条九十华里长的城垣似的海堤，环着全岛的岛岸竖立起来了。随着，人们又乘胜在山上筑起了新的水库和山塘，在平地上开挖了更多的新的水渠和浦道，而且把许多许多纵横交错的水渠和浦道挖通，互相贯通起来……

　　呵，那海堤像战壕又像高高的城垣一般，环绕着琅岐岛的海岸。而水库和闸，好像明珠和玉佩，用无数的水渠的玻璃似的带子串起来，系在琅岐岛的胸前。

　　（首发于《人民文学》1960年1月号）

灯火

那山溪还在歌唱。那溪边的水磨，夜晚里，它的水轮还在不停息地旋转着。那明亮的灯火，是从水磨坊里透露出来的：是社员们连夜在那里磨麦粉吗？

那边也有一点点的灯火，闪耀着，又闪耀着，是过渡的渡船上的风灯吗？

从那溪岸边用鹅卵石铺成的小路上，有歌声传来。是什么人举着点亮的松明，唱着歌走来？

那溪面上，远远的地方，一朵一朵的灯火，好像一朵一朵的花，在开放着又闭合着，闭合着又开放着：许多灯火在闪亮着，那是木筏上的灯火吗？那是水坞里流运工人提着风灯在巡夜吗？

从那溪岸边村落后面的山峦上，那林间小径里，有歌声传来。什么人亮着手电筒照路，口里唱着歌？

生产大队长的家里，那厅堂里，电灯明亮。去年，这里成立了森林大学，生产大队长家里的厅堂变成课堂。

许多学员亮着手电筒，点着松明来了。他们有的是伐木工，有的是公社制材厂的工人，有的是生产大队的普通社员。他们来上夜大了。课堂里，电灯明亮；今晚，这位来讲课的姑娘是谁呢？原来是森林气象站的小姜同志。她带来了一叠厚厚的参考书，她翻开自己的笔记本了，她开始用粉笔在黑板上写着今晚要讲的讲题了：

关于台风的成因和森林的防护……

一、热带太阳的照射……

哦，森林大学的课堂里，电灯明亮。

这溪岸边村落的尽处，那里有一个山村的香料厂：那里，电灯明亮。那里，有一道一道的火光，橙黄的，堇紫的，好像酒精燃烧时发出的淡蓝色的火光，照耀着林区村落的夜空。香料厂的工人连夜在提炼栲胶，在蒸馏山苍子的芳香油吗？

哦，化工厂的电灯明亮。那里，有一道一道的火光，照耀着林区村落的夜空。

汽笛鸣叫……咔嚓，咔嚓。山溪的对岸，火车头前面的车灯，吐出白虹似的亮光。火车向前急驰着，那白虹似的灯光，照亮着铁路旁的森林，和溪岸边在风中快乐地摇晃的茅草和芦苇……

看不清那是客车，还是货车。火车吐着白虹似的亮光，从对岸的铁路上急驰而过了……

林区的夜晚，风灯，松明，电灯，火车的白虹似的灯光，化工厂上空一道一道的火光，橙黄的、堇紫的火光……林区的灿烂的夜晚，激奋的夜晚！

呵，那山溪还在歌唱着。

（收入《山溪和海岛》）

渔村

你们住在高高的城垣似的海堤内。

呵，琅岐岛上的渔村，琅岐岛人民公社的公婆大队[①]，你们的村庄多么美丽。

你们的房屋，有很多很多是用船只改造而成的。你们用许多木桩牢牢地打在土地上，好像台柱，你们的船只牢牢地架搭在这台柱上。

你们在船只上打开了用洋铁做框的玻璃窗。你们在这用改造而成的房屋前面，在船前的甲板上放着一盆、两盆的花。有的种着正在开着黄色的大蝴蝶似的花朵的射干，有的种着芦荟。有的花盆放在屋顶上、船篷上。

我也看到你们的新的住屋：一座砖木结构的、有许多玻璃窗的、长长的二层楼房。窗明几净。每个房间里都有雕花的眠床，一座梳妆台，新的油漆的八仙椅。粉白的壁上挂着《梁山伯与祝英台》，挂着《采茶扑蝶》，挂着一个胖胖的大娃娃抱着一只大鲤鱼的年画，挂着那么多的年画。呵，我听见留声机在唱着莆仙戏《团圆之后》，从这二层楼房的敞开的玻璃窗里传出来。

---

① 公婆大队在行政上属琅岐岛人民公社，在生产上由闽江人民公社领导。

呵，这是公社在你们大队里设立的保健站。设在这二层楼房侧门进口的那间大房间里。那白色的长椅上，一个妈妈抱着娃娃，她的娃娃露出胖屁股，一个穿着白色工作服的医生正在给娃娃打什么药针，这娃娃真乖，打针不哭。一个穿着白色工作服的女护士，在长长的白色药橱前忙着什么。哦，白色的窗帘在海风中晃来晃去；哦，这是公社在你们这里设立的保健站。

我看到这二层楼房门前的广场上，有两座小小的土高炉。呵，你们在去年大炼钢铁的时候，也在这里炼铁。我想就是炼出土铁也好。你们炼出多少吨铁呢？多么好呵，我们在渔村里炼铁。我们的勇敢的渔民，聪明极了；多么好呵，我们的渔民炼铁。真的，你们炼出多少吨铁呢？有没有送到公社农具厂里去，请他们打出船锚来呢？

那里小孩子在唱歌。哦，那里是你们的渔民小学。你们的渔民小学设在天后宫里，那宫里的戏台，现在变成小孩子们的课堂。老师在教孩子唱歌。他们唱得好极了。那个大眼睛的孩子唱得多么神气。不，这里的孩子们都有一对大眼睛，给海和太阳照得明亮的大眼睛。这些孩子们都唱得那么神气。哦，这小学校的课堂旁边挂着那么多的渔网，棕黑色的细密的渔网。你们的小学校里为什么挂着许多渔网呢？

那里是一家饭店吗？不是。是你们的公共食堂。你们的公共食堂，面向着岛前的海洋。不，我还以为是一家饭店呢。那挂着白纱巾的橱里，有那么多烤熟的、抹着很多酱油的猪蹄，很香哪。那地上排着一个一个陶瓮，里面是自制的豆腐吗？是甜甜的酒吗？

呵，你们自己在搓着船缆吗？你们在海堤上，用那种什么工具，好像织布机前的梭子似的工具，在那里搓着很长很粗的绳缆。有很多的公鸡、母鸡，彩色的公鸡，白色红冠的公鸡，黑缎色红顶的母鸡，在海堤上啄食，跑来跑去。那海堤旁种着蓖麻，搭着丝瓜架，搭着甜瓜棚；我看见一座丝瓜架的土堆旁边，种着几棵高大的向日葵。向日葵开了花。一只白色红冠的公鸡在向日葵旁边喔喔喔地叫了，向着海岸上空的太阳引吭叫着。

琅岐岛上的渔村，琅岐岛人民公社的公婆大队，你们住在高高的城垣似的海堤内，面向岛前的海洋。呵，有那么多的双桅船，许多舢板，一些小渔船，停泊在你们村庄前的海滩上和海滩里。那桅杆上的红色风旗，猎猎作响；那风帆有的挂起来，有的卷着；那船缆挂在桅杆上，纵横交错；有的船前挂着竹竿，晒着衣裳和汗衫，有的船前晒着巨大的渔网……呵，那众多的船只中间，有两只像汽船似的船只停泊在那里，原来是公社拨给你们的机帆船！

琅岐岛上的渔村，琅岐岛人民公社的公婆大队，你们的村庄在高高的城垣似的海堤内，面向岛前的海洋。你们的村庄前面，有那么多的渔船，还有你们的机帆船。

1959 年 10 月，琅岐

（收入《山溪和海岛》）

长安街的灯柱

白天，它们是无数巨大的雪白的玉兰花，雪白的绣球花，雪白的莲花，雪白的百合花，组成无数巨大的花树，无数花树的行列（它们的每朵花，都有巨大的金色花托）。

白天，它们和红色的宫墙前面的苍翠的松树，美丽的枫树、马缨树，在夏天开着成串的白花的槐树，和笔直的在北方到处可见到的杨树，一起排列成无比壮丽的队伍，排列成为我们首都的花的仪仗队，向首都致敬。

夜间，它们是无数巨大的闪光的星座，金色的水晶的星座，金色的琉璃的星座，发光的玛瑙和最巨大的钻石的星座，组成花团锦簇的亮晶晶的宇宙星系和大银河。

夜间，它们汇成最灿烂的银河，汇流到天安门广场；啊，成为星座组成的最灿烂的海洋。在这海洋里，有巍峨的天安门，那上面嵌着我们的国徽的天安门，在节日里，我们敬爱的领袖毛主席，我们的党和国家的其他领导人站在上面检阅的天安门；在这海洋里，有白玉般的竖立的人民英雄纪念碑，有琼楼玉宇般的人民大会堂，人民宫殿……

啊，它们永远是花和星座。它们是人民的劳动和智慧的花和星座。它们永远欢呼人民的胜利，革命的胜利，党和毛主席的领导的胜利。它们是永恒的胜利，它们是永恒的美，永恒的花和星座。

1960 年 8 月

（首发于《人民日报》1960 年 10 月 1 日，收入《英雄和花朵》）

刚劲的风，从海上吹来

—— 致新生的几内亚

刚劲的海风从大西洋的海上吹来。晨光一般的、新生的几内亚呵，我听见你的椰子林在喧响。我看见它们的比孔雀的华翎还灿烂的绿叶在热带的阳光下欢乐地摇曳。

它们也在呼喊独立和自由的沁人肺腑的甜美。

我看见你的香蕉种植园好像绿色的水晶宫。热带的骤雨好像一串一串的珍珠，降落下来，在它们的长长的叶子上跳跃。阵雨过去了。七彩的虹霓在水晶宫的上空，好像彩练在飞舞。我看见香蕉种植园的工人，把收割下来的香蕉，顶在头上。

他们的唇边浮着笑意。这香蕉种植园现在不属于外国殖民主义者了。

刚劲的海风从大西洋的海上吹来。晨光一般出现在西非洲海岸上的、新生的几内亚呵，我听见你的拖拉机犁过黑油似的土地时，唱出欢乐的歌声。我看见你的主要农产区坎坎附近的国营农场，拖拉机在奔驰，新翻的土地好像凝结起来的油脂的波浪。

土地多么肥沃。这土地是从殖民主义的枷锁中解放出来的。每一块泥土，都感到作为主人的荣耀。

拖拉机手坐在驾驶台上。他的头上戴一顶遮阳帽。他的肌肤，好像黑色的土地一般发出黑油似的光泽。殖民主义者再也不能从他的手里夺去这美好的土地。

刚劲的海风从大西洋的海上吹来。晨光一般的、新生的几内亚呵，我听见你的矿山里开采机在欢唱。我看见太脱拉自卸卡车运载着铁矿石在矿区的公路上飞奔……

呵，那矿工们围聚在那里讨论着什么呢？

呵，那矿工们围聚在一起，在讨论着中国和几内亚、刘少奇主席和杜尔总统的联合公报：

——目前世界和平的一切威胁和障碍都来自帝国主义方面。

——要实现真正的、正义的和平，帝国主义的侵略和殖民主义的统治必须结束，殖民地半殖民地的被压迫民族必须当家做主和行使自己的国家主权。

——世界和平的取得，主要依靠各国人民对帝国主义和殖民主义的坚决斗争。

解放和自由的自豪感和荣耀永远在他们的心坎里发出光辉。仇恨的火焰永远不会在他们的心头熄灭。帝国主义和殖民主义者永远不能从他们的矿山里劫去矿石，用以制造杀人的凶器再来杀戮非洲的人民。

呵，英勇的几内亚的矿工呵，你们的坚毅的眼睛在注视着什么呢？越过重山和海洋，你们望见天安门广场上的红旗在呼啦啦地飘扬，天安门广场上，人山人海：

向坚决反对帝国主义的英雄的几内亚人民致敬！

刚劲的海风从大西洋的海上吹来。晨光一般地出现在西非洲海岸上的、美丽的几内亚呵，我听见科纳克里市中心小学的钟声在早晨的清风中叮叮当当地响。我听见操场上你的儿童们在嬉游的笑声。我看见一位女教师站在讲台上，给孩子们上算术课。孩子们坐在明亮的课堂里，聚精会神地听着老师的讲解。呵，这些孩子们的肤色，好似黑水晶一般地发出光泽，他们的眼睛好似钻石那般明亮。他们是多么优秀的民族的后代呵。他们是非洲的花朵。

让他们永远沐浴着早晨的清风，幸福地生活。斩断帝国主义和殖民主义的血爪，解放全非洲，让非洲的花朵在非洲的土地上盛开！非洲团结起来！

刚劲的海风从大西洋的海上吹来，晨光一般的、新生的几内亚，英雄的几内亚呵，我听见你的民兵在操场上操练的声音。呵，我看见你的民兵队伍从摇曳着椰子树的村间大道上，雄赳赳气昂昂地走过。

呵，我看见你的农民民兵在操练。呵，我看见在棕榈树荫下，你的民兵在注视着你的海洋……

保护神圣的革命果实。永远警惕着敌人。

把整个国家武装起来。帝国主义敢于伸入魔手，就把它斩断！保卫独立和自由的花冠。保卫儿童和母亲的笑声。

英雄的几内亚呵！刚劲的海风从大西洋的海上吹来，我听见整个非洲的觉醒的呼喊，我看见整个非洲的曙光从世纪的地平线上，冉冉上升。向战斗的革命的阿非利加洲致敬！

1960 年 10 月 11 日，福州

（首发于《文汇报》1961 年 10 月 21 日，收入《英雄和花朵》）

人民英雄纪念碑

一

你奠基在天安门广场上。

白玉的基础。花岗石的台阶。用白玉竖立起来的,你的高耸的身躯。圣洁而庄严,壮丽而雄伟。你像巨人一般地屹立在天安门广场上。你的上面是北京的天空,北京的蓝水晶一般的天空。从那蓝水晶一般的天空里,北京的阳光永远照耀着你。

二

你奠基在天安门广场上。

你像巨人一般地屹立在天安门广场上。你的上面是北京的蓝水晶一般的天空,你的白玉的身上披着北京的金色的阳光。

你的一边是人民大会堂,我们的琼楼玉宇般的人民的宫殿:那里的灯,比星星灿烂,比太阳明亮。你看呵,我们的党和毛主席培养出来的英雄,从祖国各地和各条战线上涌现出来的当代英雄,潮水一般地走进人民大会堂,向党汇报自己的光辉的成就，接受党的检阅，接受党的新的战斗的号令……

（呵，人民大会堂每天早晨向你问好！）

你的又一边是中国历史博物馆和中国革命博物馆，它们讲述着我们历代人民不屈的斗争和不朽的创造，讲述着我们的党和毛主席领导人民革命的光辉的胜利！你看呵，首都的人民，从祖国各地和各条战线上来的男女老少，成群结队地走进博物馆，他们在那里重温我们的过去，他们更加热爱我们的现在，他们勇气百倍地奔赴我们的未来，更加美好、更加灿烂的未来。

（呵，首都的历史博物馆、首都的革命博物馆深情地注视着你！）

而你的对面是巍峨的天安门和它的门楼。门楼上的国徽永远照耀着你。呵，门楼上的红旗，在北京的东风里呼啦啦地飘扬，在向你招手。

三

你奠基在天安门广场上。

白玉的基础。花岗石的台阶。用白玉竖立起来的，你的高耸的身躯。你的四周，种植着数不清的松树。千古常青的松树，形成翠绿的海洋围绕着你，散发着芬芳。

你像巨人一般地屹立在天安门广场上。你巨大的白玉的身躯，金色的字闪闪发光。我们敬爱的毛主席亲自题了字。毛主席的亲笔题字用黄金镌在你的白玉上：

人民英雄永垂不朽！人民永远纪念着你。你流芳百世。你永远为人民所景仰！

1960 年 9 月 7 日

（首发于《热风》1960 年 10 月号，收入《英雄和花朵》）

访鲁迅故居

这是一座普普通通的北京的四合院。这是和当时的寻常老百姓家的住屋一样的。

这小小的院子里的两棵紫丁香，是他手植的。它们的枝叶披满阳光。它们也和一个伟大的名字联系在一起。院中高大的枣树，正在结果累累。这枣树也曾经和一位伟大的人物，日夕共处有四年之久。

这一切都是按照他生前居住在这里时的原来模样布置着。

这一间小小的花厅，里面没有什么陈设，那么简朴。他自己有时在那里休息。他经常在那里接待来访者和他的学生。有时他的学生也住在那里。这一间是他母亲的寝室，是这座住屋里比较宽敞的一个房间，里面有一只破旧的藤躺椅，他常坐在那里，和他的母亲谈话。

这一间是他自己的寝室，里面更是没有任何陈设，简朴极了。里面只有一只木床，那上面铺着草席。床下放一只陈旧的网篮。他随时准备着，如果发生了什么突然的变故，在不得已时，便卷起铺盖放进网篮，转移阵地再继续战斗。

这一间便是有名的"老虎尾巴"，是这住屋里最小的一个房间，一间小小的斗室。里面放得下一只小小木桌，两只木椅。

就在这里，他写下了多少战斗的诗篇，他为中国人民创作了多少辉煌的作品，和他所有的著作在一起，成为我国人民的骄傲，永恒地照耀着世界革命文学的上空。

这一座普普通通的北京的四合院，这和当时的寻常老百姓家的住宅一样的院落，一位中国的伟大的革命先驱者曾经在这里居住过。

这一座普通的，但永远令人景仰的住宅，它告诉我：他不仅以他的革命的战斗的一生，以他的全部战斗的诗篇，哺育着我们的下一代，也以他的简朴的日常生活，勤劳的日常生活，以他的刻苦自奉，教育着我们，永远引起我们的深思，鞭策我们奋斗，鼓舞我们不断前进。

这一座普普通通的住宅，它现在和我们的伟大的首都不可分割地联系在一起。北京的阳光永远照耀着它的紫丁香和它的枣树。

1960 年 9 月

（首发于《热风》1960 年 10 月号，收入《英雄和花朵》）

徐州

徐州的周身洒满了夏天的金黄的阳光。它的北方的杨树高高地耸立着。它的工厂的烟囱，好像布满在渔港里的桅杆，吐着浓烟。

它的宽阔的市街，有北方城市的深沉而又明朗的笑容。这里滚动的车轮和人们的步伐声，都饱含着"大跃进"的昂奋的信心……

呵，它的山峦仿佛是以古铜色的钢铸成的。它的山上的岩石，呈赭褐色，仿佛是以强烈的火焰锻炼过的。徐州在历朝历代都曾经是战场。它身经百战。它坚强得恰似人民的心和意志。

徐州车站在我们的面前涌现出那么多的铁路钢轨；在我们面前出现银灰色的高大水塔，天桥的钢铁的栏杆。这里的道路使我强烈地感到，它们通向祖国的南北西东。

呵，这里的一草一木，都经历过光荣的、严峻的、史无前例的六十五天。[①] 屹立在祖国历史上的名城呵，你像一只金凤凰，从人民解放战争的胜利的烈火中，经受血和火焰的严峻考验，于是全身披着胜利的光辉，展翼飞翔出来。

你现在好像一座不朽的纪念碑，在祖国的红旗飘扬的版图

① 指淮海战役。是役自1948年11月6日开始至1949年1月10日结束，共六十五天。

上，闪闪发光，歌颂着人民战争的永恒的胜利，歌颂着人民城市的繁华。

这里的一草一木，都强烈地使我感到祖国的土地的荣耀。我听见徐州唱的是一首荣耀和胜利的歌。

1961 年

（首发于《人民文学》1961 年 1、2 月合刊，收入《英雄和花朵》）

南京路

南京路在我们面前耸立着无数的高楼大厦。这里是祖国一条最繁华的市街。

这里的每一个橱窗和屋顶上的阳台，银行和每一条弄堂都是属于工人阶级和全体人民所有的。这里的广场和公园里的游椅，这里的灯柱和灿烂的路灯，街树以及它们的绿叶和花，都是人民所共有的。

呵，到了上海，我总是要来看看南京路百货商店的少年儿童玩具部。那里展示着出于热爱儿童的各种精心设计和巧思；各种电动玩具，各种富于科学趣味和童话一般的想象的儿童玩具：一只高脚长嘴的鹭鸶不断地往玻璃瓶里吮吸清水，穿着运动员衣着在杠杆上翻筋斗的猴子，可以按图拼凑各种农业机械的新型的七巧板……

这繁华的市街，从前是一片黑暗。是冒险家的乐园，涂着屈辱和罪恶的殖民地色彩。

顾正红和王孝和的血没有白流。人民敢于斗争，敢于胜利。蒋宋孔陈从这里滚开了。帝国主义的血淋淋的魔爪被斩断了。连同那爵士音乐，连同那大赛马和香槟头奖摇彩的广告牌，都像毒草一般被连根铲除。

入晚的时候，站立在和平饭店的高楼上，看到黄浦江和整个的浦东浦西，好像以珠宝装饰起来的海洋。而南京路有如以各种颜色的钻石镶嵌起来的闪光的宝山，那流动的霓虹灯就像灿烂的银河。

呵，那是上钢三厂的平炉在发光；那是江南造船厂的船坞在发光；那是在向高、精、尖大进军的工人的胸怀在发光；那是一切向时间赛跑的人们的雄心在发光；那是一切创造奇迹的人们的智慧在发光；那是党和人民的力量汇成珠光宝气的海洋和灿烂的银河……

南京路在歌唱着社会主义城市的繁荣昌盛，歌唱着人民的幸福和欢乐，自由和创造性的劳动。

呵，站立在黄浦江畔的和平饭店呵，你接待过多少从世界各地来到上海访问的外宾！

南京路向全世界的通都大邑显示着它今天的繁华，它的光明，它所经历过的光荣的革命道路。它向全世界的通都大邑披示着取得革命胜利和建设胜利的全部真理。

呵，南京路，上海，你是祖国的骄傲，是祖国的工人阶级和全体人民的骄傲。美丽的、繁华的、欢乐的市街呵，你的歌声多么洪亮，多么灿烂，多么壮丽。

我又看见你了。亲爱的市街，你好。

1961 年

（首发于《人民文学》1961 年 1、2 月合刊，收入《英雄和花朵》）

再致古巴

你像一只船拉着响亮的汽笛，多么威武而又强大，冲开汹涌的波涛，向我们这个世纪的前程进发。

你在反对凶恶的美帝国主义的斗争中，愈战愈强。战斗的、英雄的古巴呵。

那里，传来船坞里造船工人勤奋地修造船只的捶击声；仿佛还看得见电焊的蓝色的火花。我知道，革命政府在你的国土上建立了纺织厂、砍刀厂、罐头厂、金属丝厂、榨油厂；而沿着你的岛岸，新建了许多造船厂。向站立在岛岸上的造船厂和它们的船坞致敬。向古巴的造船工人致亲切的问候：你们已经为渔业合作社的渔民兄弟们修造了多少渔船呢？

波浪在悬崖下拍打着海滩和岩石，激起雪白的、喧腾的浪花。大海在我们的面前开始涨潮了。站立在这里，呵，站立在我们的海岸上，仿佛也听得见从加勒比海那边传来的涛声。

我知道，这时，你的捕鱼船队已经升帆出发了。它们从自己光荣的港口，怀着坚强的信念和在斗争中永不屈服的自豪感，随着溅起白烟一般的水花的潮水出发了。呵，站立在我们的海岸上，仿佛也听得见从加勒比海那边传来的涛声。

那桅杆上是不是也挂着三角形的红色风向旗？碧绿的大海

铺展在你们的面前，古巴的渔民兄弟们，你们在海上捕鱼，发展自己的渔业生产。你们知道，从海上捞取起来的每一网收获，都是对于敌人的严厉回击。

美帝国主义的经济封锁，和它的黑色的军舰一样，和它的所有的死亡的诡计一样，永远吓不倒在正义的革命斗争中站起来了的人民。

中国诗人写过这样的一直流传下来的诗句："海内存知己，天涯若比邻。"呵，高耸在这里的悬崖上的青松和丛生在村路旁的木瓜树，它们仿佛都在风中呼唤着你的战斗的胜利。

古巴，英雄的岛国。你在反抗凶恶的美帝国主义的斗争中，愈战愈强。你一手拿枪，一手建设。你迈开豪迈的、威武的步伐，走上发展自己的经济的道路。向你的西红柿种植场和新开垦的棉花田致敬。愿你的马铃薯和你的烟草一样取得丰收。愿你的玉蜀黍结成一串串火红色的珍珠，和你的剑麻一样取得丰收。愿你的洋葱也得到好收成。愿大豆和花生在你的光荣的土地上，和甘蔗一样茁壮地生长起来。呵，站立在这里，站立在我们的海岸上，仿佛也看得见你的奥连特省的山谷中，在你的广阔的平原上，稻穗在风中翻腾。站立在这里，站立在我们的海岸上，仿佛也看得见，在你的美丽的农村里，傍着翠绿起伏的山岗，农民新村的木造的房屋，那涂着各种颜色的木屋，好像蜡笔画一般漂亮。而农牧合作社的火鸡在养禽场的木棚后面，昂首阔步地行走，张开扇形的尾巴迎接女饲养员给它们送来饲料……

我们深深地体会到：和紧握在你手中的枪杆子一样，那抱在你的怀中的谷穗，那运载到你们的榨油厂里的花生和大豆，都是回击敌人的胜利的武器。我们深深地体会到：那出海捕鱼的船队，那站立在你的城市里和它们的近郊的每一座工厂，广大农村里众多的养禽场和畜牧场，那蔗田和高耸在蔗林后面的糖厂的烟囱，那从敌人手中夺回来的每一座矿山和炼油厂，和紧握在你手中的枪杆子一样，都是回击敌人的胜利的武器。

战斗的、英雄的古巴呵。你一手拿枪，一手建设。你向美国侵略者做针锋相对的斗争。高举在你手中的革命的火炬，照耀了整个加勒比海的上空，照耀了拉丁美洲的每一座山峰和河流。7 月 26 日的进行曲响彻云霄。你告诉全世界人民：世界上最凶恶、最狡猾的敌人就站在我们门口，但是我们敢于向它斗争，因此，我们也敢于取得胜利。斗争便是胜利，这个时代是属于我们的。美国强盗不过是一只秃了毛的老鹰。

战斗的、英雄的古巴呵。你像一只船拉着响亮的汽笛，多么威武而又强大，乘风破浪地向我们这个世纪的前程进发。

永远地前进吧。你听：

"中国人民永远是古巴人民可靠的朋友。古巴人民不管在什么情况下，都可以指望中国人民的全心全意的支持。"[①]

在你的前进的道路上，站立着全中国的人民，站立着全世界的人民。

英雄的、战斗的古巴呵。枪在你的手中，战斗和仇恨的火在你的胸中燃烧，胜利的谷穗便永远是属于你所有的！战斗吧！

---

① 朱德委员长在古巴驻我国大使奥斯卡·皮诺·桑托斯所举行的庆祝古巴革命胜利两周年的盛大招待会上的讲话。

永远地前进吧！

（首发于《文汇报》1961年1月16日，收入《英雄和花朵》）

致荣宝斋

我感到你是我国人民的独特的画廊。

我感到你给人民提供一座独特的、宣纸和素绢的、水墨涓涓流响的、百花盛开的花园。

呵，这里有敦煌千佛洞和永乐宫的壁画。有两千三百多年前楚国地方民间艺术家用彩漆描绘在器物上的图案。有明人的诗笺。有佛经、古代药典和《西厢记》里的插图。

历朝历代，各种流派的花；历朝历代，不同风格的春天和秋天，山和水，兰花和翠竹，雪和船，烟雨中的树和沙汀，月色里的楼台亭阁，层林叠翠和涧边的芦苇，松树上的雪朝和刷着羽毛的喜鹊，春水中的游鸭。

无价的国宝，曾被旧时代的统治者，秘藏深宫内府里。呵，唐代宫廷中簪花仕女的丰采，宋人骑马于草原上狩猎的英姿，元人心目中书生柳毅和龙宫里龙女的恋情，韩滉笔下的古代诗人，赵孟𫖯的马，马远的梅花和水凫，沈石田想象中的渔夫，八大山人的恣纵，板桥道人的隽永，任柏年的妍丽，吴昌硕的豪放。

呵，它们都回到人民的手中来，
你都把它们悬挂在你的画廊里，

它们都在你的花园里盛放着奇花异卉。

我感到你是我国人民的独特的画廊。

呵，你给人民提供一座独特的、宣纸和素绢的、水墨涓涓流响的、百花盛开的花园。

呵，这里，徐悲鸿的马在飞奔，鹰在翱翔。这里，齐白石的牡丹怒放，火红和青春的旭日从海涛间磅礴上升；他的蝌蚪比真的还活跃，他的虾比水还透明；他的樱桃比蜜还甜，他的牵牛花比露水还新鲜；他的画笔赋予一切翎羽、草虫、花卉以更新鲜的生命和梦想，他的色彩赋予春天以更明亮的繁华。

呵，这一切都归向你的画廊，这一切都绮丽地盛开在你的花园里。

哦，荣宝斋，你以我国民间的特种手艺，发扬光大了历代艺术家所积累下来的智慧和技巧，使我国几千年来的绘画遗产，在你的花圃里开放新的鲜花；你以我国民间的特种手艺（你发扬光大了这种手艺），使新中国美术家的杰作，在你的花圃里放射出社会主义的芬芳！放射出党的领导的光辉！

你是独特的画廊。你是独特的、众芳竞艳的花园。哦，荣宝斋，我感到你自己便是照耀着阳光的社会主义祖国大花园里的一棵花树，一棵独特的花树，树上百花齐放。

1959 年 11 月参观北京荣宝斋

1961 年 1 月 17 日追记于福州

（首发于《诗刊》1961 年第 2 期，收入《英雄和花朵》）

岛上的春天

我来到这海岛，离今年的立春还有一个星期。可是，我强烈地感到，春天早已经驾临了。不仅岛上的公社中心水文站的江爱贞同志告诉我，水浦和水库里的水位已经涨了；不仅是公社广播站的江典承同志，告诉我气温已经升高了。

不仅是海堤上越冬的野草已经抽出新芽，山岗上在开发万宝山时种下的番石榴和桃树已经枝头发绿，公社党委会前面草坪上的玫瑰花已经蓓蕾。

不仅是这海岛上空的云彩和阳光更加明亮，海滩前面的海水呈现着碧蓝。

当我从岛上的三八畜牧场的水井以及堆叠得高高的稻草和水沙草的饲料堆前面经过时，呵，我听见畜牧场的养鸡姑娘，吹着动人的笛子：从她的笛声里，仿佛有一朵朵的含露的鲜花，有一缕缕的金色的阳光，伴随着海岛姑娘的喜悦，一道飞舞出来。

她名叫江依秀，她吹着笛子，呼唤着引导着一大群一大群的母鸡和公鸡，花团锦簇似的鸡群拥到山岗面前的草地上来寻食了……

不仅是海滩前的岩石，仿佛已在润湿的海风中，在金色的雨似的投射下的阳光中，开始生长着苔藓。

当我从岛上公婆大队的渔村前面经过时，呵，我看见一位须发雪白的老渔民，和那么多的渔民妇女坐在一起，又说又笑，在海堤上修补着渔网；那海上的繁忙的季节和春汛的丰收的欢呼，仿佛已经大踏步地奔驰而来……

不仅是沙仑上的翠竹，岩石旁边生长出来的仙人掌和夹竹桃，在孕育着葱茏的春意。

我沿着海堤来到这海岛的东部。这里，岛的悬崖和伸入海中的丘岗形成一个小小的海湾，这里是公社的海肥场。竹棚里，工人们正在用砍刀劈着竹竿；哦，海肥场的支部书记江同志，和工人们一起在劈竹竿：有对于征服大海的什么样的信心在他的眼睛里闪耀？

呵，那众多的竹竿，将像柠檬桉的树苗一般，密密麻麻地插在广阔的海滩上；那白木耳和白色的苔藓似的海将蜓繁殖在那竹竿上；那大海和它的潮流，仿佛在高声呼喊着，许诺着："我们将给田野以千船万船的礼物……"

而离开海肥场不远，在突出海面的小小的白猴屿的周围，是县办的地方国营海水养殖场：那里人工养殖大牡蛎。那么多的小木船，运载着满船的花岗岩石块，养殖场的工人在海上辛勤地劳动着，他们把石块投入海中——那花岗石将成为大牡蛎繁殖的温床……

不仅是大海和它的涛声，大海和它的飞溅起来的浪花，不仅是海上的彩霞和阳光，带来春的讯息。

春天从畜牧场养鸡姑娘的笛子里传出来。

从渔村里正在修织渔网的老渔民和妇女们的笑声中传出来。

从海肥场和牡蛎养殖场的工人们的辛勤的劳动中传出来。

春天，从这小小的海岛上的每一个人的眉宇间流露出来。

我知道，公社的拖拉机站的六部拖拉机——六位年轻的拖拉机手，已经协助全岛五个大队的四千多亩土地翻耕了两次；在那已经种下小麦和开放黄花的油菜地间，犁痕深深的土地，在渴望播种机来播撒稻谷的种子……

我知道，五个大队的各小队都已经为自己的春种土地，每亩积塘泥五十担……

我知道，公社在去年秋收以后，即着手协助各大队检修和扩建抽水机站；新建的六个抽水机站的机件和水管早已安装好了……

我知道，公社农具厂大力生产小农具、锄头和播种机，都已完成了生产任务；农具厂的书记和厂长，带领着修理农具的技术工人，已经分头下到小队去十多天了……

我来到这海岛上，离今年的立春还有一星期。可是，我强烈地感到，春天很早已经来到了。春天，从岛上每个人的眉宇间流露出来；春天，为每个人的劳动欢呼。

党的阳光，党的春光，照耀着岛上的田亩，照耀着大海，和海岛上每个人的心。

在这小小的海岛上，有多么浓的春意呵。海岛的春光，沐浴着我，海岛上的公社的春天呵！

（首发于《福建日报》1961 年 3 月 2 日）

人民大会堂颂

你是一座气宇轩昂的辉煌的、巍峨而壮丽的伟大建筑。你以麦黄的和叶绿的琉璃瓦装饰的屋檐上，比火焰还强烈的红色绸旗，在北京的风和阳光中飘扬。

人民的威力统治着一切。你是人民的权力的象征。人民以太阳一般的智慧和创造力量，塑造了你。

以坚固的花岗石做你的基础。以坚固的花岗石砌成台阶。以粉红的和曙明时的天蓝色的大理石做廊柱。以白玉雕成你的琼楼的扶梯。粉红的、松青的、有淡蓝的云彩的、翠绿的、乳黄的大理石铺成你的会场和廊道。那每一块花岗石和大理石，它们都在歌颂祖国江山如此多娇和国基万世不拔的稳固。

你有无数的灯。无数开放在以白玉雕成似的灯柱上的路灯和开放在大厅里的吊灯。它们开放无数发光的百合花和玉兰花，芙蓉花和莲花。它们以银河一般的灿烂，歌颂祖国的光明和祖国社会主义建设的繁荣昌盛。

你有许多花厅。河北厅。湖南厅。青海厅。福建厅。西藏厅。辽宁厅。新疆厅。云南厅。四川厅。你的每一座花厅，仿佛是一片照满阳光的开满花朵的树林，树上的芬芳溶化在一起，它们的树根交缠在一起。它们在歌唱祖国国土的辽阔，祖国大家庭的温暖，生活的幸福和芬芳；赞美祖国各族人民牢不可破的大团结。

你的会场好像海洋一般广阔。你的会场的屋顶是一座苍穹盖成的。这苍穹的中心，有一颗最明亮、最巨大的红星。它的光华开放着一朵世间最灿烂、最巨大的向日葵花。红星周围，众星熠熠。

你的会场好像海洋一般广阔。容纳得下六亿五千万人民选出来的各族的人民代表。容纳得下从长江大河上下，从海疆到西北边区，从祖国各条战线上，在"大跃进"的一浪高过一浪的高潮中，推选出来的千千万万的红旗手和当代英雄。在这里商议国事，在这里受到党和毛主席、党和国家的其他领导人的检阅，在这里向党汇报他们在社会主义建设各条战线上的光辉成就，在这里接受党向他们提出的新的战斗任务。

你是人民的智慧和革命干劲的象征。你是人民对于党的无限忠贞和力量足以克服任何困难的象征。

你是高速度和艰苦奋斗开放出来的花朵。

你是党的建设社会主义总路线、"大跃进"、人民公社的威力的象征。你是党和毛主席的领导的象征。

呵，你是全国人民议事的地方。你以麦黄的和叶绿的琉璃瓦装饰的屋檐上，如林的红旗在北京的阳光和风中飘扬。你是六亿五千万人民塑造出来的、人民政权的灿烂的塑像。你屹立在天安门广场上。你屹立在全世界人民的面前。

1961 年

（首发于《人民日报》1961 年 3 月 28 日，收入《英雄和花朵》）

海岛笔记

夕暮

这是海岛上的一个山村。它在岛上一座高约三百米的山冈的山腰上，山麓离海只有四里左右。这里又是岛上公社一个大队的队部所在地。

夕暮了。

山村的上空，树梢和鳞次栉比的屋顶，都笼罩着刚刚落下海平线的太阳的返照，深紫的、橙黄的、闪光的返照，柔和而灿烂。

公共食堂的菜地旁边，丛生的高高的木瓜树，它们好像蒲扇一般的绿叶，在晚来的凉风中轻轻摇曳。

公社广播站的晚间节目开始播送了。从大队部门前的大喇叭里，传来气象预报、本社新闻简报、省台的音乐转播……

公共食堂的鸭群回来了，呷、呷，呷、呷，彼此呼唤着，趾高气扬地、摇摇摆摆地回来了。它们已经出去整整一天了。上午，它们沿着海堤的水浦游泳；下午，它们在海滩上饱餐了红脚的小螃蟹。它们一群有五百多只，精神饱满地、三五成群地排成长长的队伍，从山麓的石级一级一级地走上来，回到村里来……

赶鸭群的是一位紫色脸膛的、硬朗的老头子。他头戴斗笠，腰上挂一只大鱼篓，手持竹竿。

他走在鸭群的前面。那鸭群呷呷呷地，听从地跟着他走。他嘴里忽然吹出一种声音，召唤的、亲切的、一种特殊的声音，前头的鸭子听了这声音，不走了，蹲下来了，后面的鸭子也都听从地，一一停下来，整整齐齐地蹲在石级的一旁。

原来后面来了一群女社员，村里的姑娘们。她们在春种前大积海肥。她们在山麓的池塘里洗了手脸，又说又笑地走上石级，要回到村里来。

赶鸭群的老头指挥鸭子停在石级旁，让女社员们先走过去呢。

"江伯伯，你也回来了。"

"江伯伯，你刚才跟鸭子说什么话呢？"一个姑娘顽皮地，向赶鸭的老头说。

"唔，唔。我说——女将们回来了，让路呵！"

姑娘们都笑了。

赶鸭群的老头，嘴里又吹出一种声音，召唤的、赞扬的、一种特殊的声音，于是，前面的鸭子站起来了，后面的鸭子也都听从地站起来了，它们排成队伍，兴高采烈地走上高高的石级，跟那一群欢笑的姑娘们一起回到村里来了……

而这时，暮色完全笼罩下来了。村里小型水电站一下子放出光明来。公共食堂的电灯特别明亮，从窗口射出的灯光，照耀得菜地和菜地旁边丛生的木瓜树，明晃晃的……

公社广播站还在播送着音乐节目：公社业余文工团演唱的以二胡伴奏的闽剧《十二月花》……

养塘小记

在海堤以外，是海滩和碧蓝的汹涌的海洋。在海堤以内，东屿大队的几位年轻人，他们把原来沿着海堤流动的水浦，四面用芦苇和竹竿编成篱笆围了起来；他们引来了海水，和淡水混合起来。于是，这里成为海的新居，它们在岛上的居留地。它们在这里过冬，度过春天和夏天……东屿大队的那几位年轻人，每天给它们以海蜈等饲料。不知怎的，每次到这海岛上来，我总是要来看看养蛎塘。把原来生活在海洋中的海蛎捕捉来，把它们养殖在岛上的水塘里，这是一种新鲜的设想和做法，这是岛上人民生活和他们的事业中富于创造的一种特征；这一项小小的事实，不知怎的，使我感到兴奋。

秋天，他们从塘里打捞起来的海蛎，长得肥美。

海澳

我知道，这里原来是岛上最荒僻的地方。

呵，繁荣和劳动的欢乐来到这里：海岛东部一个背山的小小海澳。

那烧牡蛎壳的石灰窑靠着山麓的石壁，是用海滨的卵石和各色的岩块堆砌起来的。潮湿的、带着咸味而清凉的海风，和窑洞里冒出来的乳白色浓烟，嬉逐着；有时，那浓烟又像直立的白绸带子，冉冉上升，仿佛要去系住海岛上空的阳光。

那运载石灰的手推车，咿唔咿唔地，一辆跟着一辆地沿着海堤向海滨的码头驶去，那里停靠着升起帆来的双桅船，在等待着搬运。

就在石灰窑前面，我想，那是一个天然的小小的避风港，为海潮所冲蚀而形成的沟道，岸上围着木栅，沟道内一只靠着一只地，停泊着那么多的木船。每只木船都载满着花岗石打成的大大小小的石块。

我知道，离这停泊木船不远之处，原来有一座古老的妈祖庙。它现在是岛上公社海水养殖场的办公的地方。那里开着许多玻璃窗，那屋顶有双龙抢珠的泥塑的屋脊上还装上了风向仪和风速仪。这妈祖庙现在不但是养殖场的办公室，同时又是工人宿舍。旁边还搭了竹棚，搭了公共食堂和它的炊事房。我知道，这海水养殖场不但从事养殖事业，还兼理近海的捕捞事业。在竹棚里，挂着许多大小渔网；竹棚外面的旷地上，种了各色各样的蔬菜。

呵，大海像一座没有边际的碧蓝的花园。在这海澳的前面，在石灰窑，在海水养殖场的竹棚前面，大海像一座碧蓝的花园，没有边际地伸展着，露出海面的褐紫色的礁岩和小屿，仿佛花园里的假山石。而在早春的阳光下面，海浪好像一束一束的、一簇一簇的闪闪发光的百合花，闪闪发光的紫藤花……

豪华而富丽的海洋呵。

沟道内的木船，箭似的出发了。

公社海水养殖场的木船，一下子分散在海澳礁岩周围的海面上。养殖场的工人们，把船上的花岗石石块，一块一块地投入海中。在海底，这从山上打来的花岗岩石块，将成为大牡蛎繁殖的温床。

海中的礁岩和小屿的岩石上，有野生的大牡蛎。水产局的勘察队去年在这里复查过，这海澳附近有十万亩以上的浅海，是良好的养殖大牡蛎的场所。

我在养殖场的办公室里看到支部书记。在他的桌子上，在办公室的玻璃橱里，有很多大大小小的玻璃瓶子，装着各种贝类和鱼类的标本，黄梅鱼、乌贼、带鱼、海鳗、蚜、鲶的标本。在书记的桌子上，还有一只玻璃瓶。那玻璃瓶里装的是什么？一颗一颗发亮的玉米一般，不是珍珠吗？

"这玻璃瓶里装着珍珠——"支部书记指着桌前那只长长的玻璃瓶，仿佛早已明白我的心思似的，他兴高采烈地解释道，"我们发现在这附近礁石上野生的大牡蛎里有珍珠。我们已派人到广东去学习培育珍珠的经验和技术。你看，这些珍珠多么明亮。"

"好！"

我不觉从心里发出赞羡。

支部书记是一位热情的人。他告诉我，养殖场刚成立不久，目前只有附属的石灰窑，他们准备建立海产加工厂——他站起来，打开临海的玻璃窗，一阵凉爽的海风吹进来，他说："你看，海洋多么辽阔……"

我感到，支部书记又是一位多么含蓄的人。是的，面前是没有边际的海洋——养殖场的工人驾着木船，还在那里投放花岗岩石块，水花此起彼落地从碧蓝的海浪间飞溅起来。

对于勤劳的、勇敢的、有抱负和富于幻想的人，海洋在向他们深情地微笑着。

鲤鱼孵化塘随笔

看来，它们只是一坎一坎长方形的浅浅的水塘。四边围着矮矮的竹篱，那竹篱上正攀满豌豆的蔓藤，这公社的鲤鱼孵化塘呵。

前年我到这海岛上来——那时公社才成立不久，便听说这里有鲤鱼孵化塘，当时却为别的事情所系，一直没有能够来看看。这次到东沃大队去，快到大队部时，公社党委会的江秘书指着海堤内那一坎一坎的浅水塘，对我说："那就是我们的鲤鱼孵化塘！"

但是，这时并不是孵化的时节。看不到那被挑选的鲤鱼在这水塘里，在漂动的水草间怎样怡然自得地游去游来；看不到技术人员怎样进行人工催情、人工授精；看不到技术人员，呵，公社的养鱼土专家怎样控制温度，使鱼卵孵化成为发丝一般的鱼苗，而小鲤鱼们又怎样在这水塘欢乐地过着它们最初的日子呵。

但是，我看到这海岛上沿着海堤开挖的清波粼粼的水浦里，流过番薯园和稻田间的水渠里，山上的水库和山塘里，公社和各大队养殖的鲤鱼、青鱼、鲢鱼有多么肥美呵。这海上也养殖淡水鱼呢。公社党委会号召：利用岛上的水利灌溉系统，大养淡水鱼。

鲤鱼孵化塘供应了全岛的鲤鱼苗。

那么，人们应该赞美它：四面围着矮矮的竹篱的浅水塘呵，哦，那竹篱上面攀满了豌豆的蔓条。

"这就是我们公社的鲤鱼孵化塘！"

渔村

一切仿佛都感到繁忙的甘美。一切仿佛都是充满着自信的、胸有成竹的。一切仿佛都在接纳着丰收的期许中的欢乐呵。

那安放在船篷上——渔民们用船只改造而成的住房的屋顶上的盆花：一盆一盆的开放着黄蝴蝶似的花朵的射干和玫瑰，那海岛上空的阳光，鱼鳞似的早春的云彩，仿佛都以快乐的目光注视着：

那用大红绒线扎着发髻的渔民妇女，她们坐在一起，在海堤前的旷地上修补着渔网。

那发髻间扎着大红发绳的渔民妇女，她们在海堤上，用织布的梭子似的工具，在搓着又长又粗的船缆。

——有什么样的不能抑制的喜悦，还是海和岛上的阳光把她们的眼睛照耀得那么明亮呢？

那不是炊烟。那不是篝火。那里，海堤和渔户的住屋之间的狭长的旷地上，一排临时堆砌的土灶里，炭火熊熊，白色的烟和紫褐色的蒸汽，混成迷离的雾，冉冉上升。

哦，几个发须雪白的老渔民，用传统的办法，用传统的可以使渔网不易腐蚀的办法：把渔网放在木桶里，把渔网放在盛着荔枝树根拌和着清水的木桶里煎煮。

——有什么样的对于往昔的不能淡忘的追忆，有什么样的对于今日的幸福的执着，对于明天的理想的老当益壮的追求，还是这岛上天的无涯，伸展在岛前的海的辽阔，使他们一边劳动着，一边海阔天空地谈古论今，又说又笑又在嘲讽着什么呢？

那种植在天后宫——现在是渔民小学的广场四围的翠竹，那种植在这渔村海堤两旁的蓖麻和高高的木瓜树。

那清凉的海风，使村中的树木摇曳起来的海风，仿佛都以快乐的目光在迎接着，以风的语言，以绿叶的热情在招手，在呼唤着：

那从码头那边来的，现在沿着海堤结队着来的，运载着修补好的和新置的鱼篓的手推车队。

那运载着修补好的和新置的晒鱼干的竹席的手推车队。

——有什么样的欢情在它们的心胸中？是海上吹来的风在推动着，使那手推车的队伍咿唔咿唔地欢唱，使推着手推车的年轻小伙子们快步如飞吗？

那不是大队长吗？那不是大队支部书记吗？呵，他们到码头那边去，迎接着搭这一班轮船来的一批什么客人来了？他们沿着海堤走过来了，他们穿着工人服，拎着工具箱，呵，他们不到大队部去喝一杯茶，休息一会儿吗？他们怎么往海滩上走去？他们怎的又去驾驶舢板呢？

哦，他们是造船厂和农具厂联合组织的技术巡回队，大队长和支部书记和他们一起驾着舢板，一直驶向那边：桅杆林立的避风港，他们来帮助检修渔船和机帆船……

那船队即将出发了。

它们将浩浩荡荡地走向大洋。

它们将在欢乐的海风、欢乐的海浪的欢呼中出征了！

双桅船、机帆船将鼓起饱满的帆，在海上响起轰轰的马达声，远征了！

大队支书和大队长将率领船队向大洋远征……

一切仿佛都感到繁忙的甘美，一切仿佛都感到出征前的喜悦，一切仿佛都在接纳着丰收的期许中的欢乐呵：

在这迎接着春汛的欢呼的渔村里呵。

（首发于《热风》1961 年第 4 期，收入《曙》）

闽江木运

　　闽江的两岸在冬季里也是碧绿的、芬芳的。在它的两岸上，那起伏的、绵亘不尽的层峦叠嶂间，有多少瀑布悬挂下来？有多少小溪？有多少森林在风中歌唱，在阳光中闪耀？

　　在它的两岸上，那起伏的、深邃的层峦重岭中间，有多少林场？我们修筑了多少森林小铁路，它们沿着山岭的边缘伸展到深林中去？有多少的木轨车，运载着堆叠得高高的木材，在山谷间奔驰？有多少贮木场？有多少伐木工人的帐篷？沿着江岸又有多少贮木场的水坞呢？

　　闽江的每一滴江水，仿佛都散发着杉木林和树脂的芬芳。风吹动的每一道波浪，每一缕小小的涟漪，仿佛都为着给木筏铺成水上的道路。有多少的木筏，结成长长的队伍，绕过江滩，在江面上行驶而过呵！有多少的木筏，结成长长的队伍，日日夜夜，永不休止似的在江面上行驶而过呵！我知道，闽江的水和两岸高山上的小鸟，每时每刻都在为森林、为伐木工人和流运工人而歌唱。我知道，它，闽江的水每时每刻为伐木工人的丰收而欢唱，它永远是激昂地、精神抖擞地迎接着木筏，将它们送到祖国各个基建工地。

　　有多少木筏的队伍，从江面上行驶而过。

闽江的两岸在冬季里也是碧绿的。它的两岸一年四季都是青色的。它的每一滴江水仿佛都散发着杉木林和松脂的芬芳。它的每一纹涟漪和溅起的水花，都在赞美着森林工人对于社会主义祖国的创造性的贡献：他们的在缔造社会主义的今天和追求共产主义的明天的永不疲倦的劳动，是他们对待党和革命的忠诚。

1961 年

（首发于《上海文学》1961 年 5 月号，收入《英雄和花朵》）

无锡

我看见太湖在你的背后，在银色和淡蓝色的水波上，浮泛着很多很多的风帆：白色的风帆，茶色的风帆，巨大的白蝴蝶一般的风帆。

我分不清是无边浩瀚的湖光，还是江南的永远灿烂的太阳，照耀得你的四周和空气，像水晶一般透明。

我感到你的天空像丝绸一般妩媚。我感到你的工厂的烟囱里的烟，好像也是滤过似的，那么纯净。你的桑园，你的沃野，你的湖滨的工人疗养院的屋檐和玻璃窗，你的水边的垂杨，总是沾满着阳光。

呵，你是丝的城市；你是面粉的城市；你是炼钢冶铁、制造机械和纺纱织布的城市；你的田野里生长的是芬芳的、玉般雪白的大米；你山上的泉水可制佳酿[①]；你的泥土捏塑成美丽的泥人；你旷野上的炼钢炉火映红了透明的蓝天。你同祖国的许多大小城市和乡村一样，以你的忠贞，把最纯净的礼物：钢铁、农业机械、丝、绸、酒、玩具、洁白的面粉和米，献给祖国，献给党，献给人民和我们的孩子们。

我感到从你的身边行驶而过的火车，它冒出来的烟仿佛

① 无锡惠山有泉曰惠泉，用以酿酒，名驰遐迩。

也是滤过了似的，那么纯净。呵，在你的背后，是无边浩瀚的太湖。

1961 年

（首发于《解放日报》1961 年 5 月 8 日，收入《英雄和花朵》）

江南写意

我看见你的水乡，远方出现的湖和湖上的烟波。我看见你的风中的翠竹，在村边摇曳。

我看见你的公社的桑园，肥嫩的叶子，密密的一大片。

我看见你的公社的秧田，轻风过处，一缕绿浪卷向天边。

我看见你的一朵一朵巨大的蘑菇似的茅亭，筑在水边；那里，牛在拉动着水车。

我看见你的一朵一朵巨大的白莲花似的风车，它们在碧绿的麦田间旋转。

在你的土地上，用玻璃盖成的花的暖房，会突然地出现；那里，五色缤纷和浮动着浓香，芍药、大理菊和西府海棠在冬季里盛开。

我看见田野的尽处，有公社新建的化肥厂的烟囱，从里面冒出浓烟：一缕缕珍贵的丝带在空中飘浮。

于是，好像有一本书浮现在我眼前：万里相连的沃野，是碧绿的书页，是锦绣的书页，是翡翠的书页；书的封面上，写着"人民公社好"五个大字；那字里行间，每一篇章，每一行，有水的歌唱，有人民的欢笑在流动；有风和阳光在歌唱，有人民的意志的金子在闪光；有麦穗和在枝条间酝酿着甜汁的水果在歌唱，有花瓣的纷飞，有人民的智慧在散发着芬芳；有钢花在迸射，铁水在奔腾，有人民的欢呼，有人民手中高举的红旗在飘扬，有永远前进的步伐声，有车轮转动的雷霆在震响。

我深深地爱上这本"书"。

1961 年

（首发于《解放日报》1961 年 5 月 8 日，收入《英雄和花朵》）

天坛及其他

天坛

天坛的柏树多么茂盛和苍绿。覆盖着这里的天穹多么蓝，多么辽阔：那天穹衬托得这里的白玉的雕栏和白玉的高坛，显得多么庄严。

在这里，我想起我国古代劳动人民对于宇宙，对于自然和谷物的朴素而庄严的思索，他们对于五谷丰登和幸福生活的追求。

站立在这玉砌的高坛上，人们呼喊出来的声音，总是如此洪亮；那蓝而辽阔的天壁和云彩，仿佛都在回应着人们的呼唤。

在这里，我想起我国古代劳动人民很早很早就表达了自己的胸怀：我们是宇宙和自然的主人，宇宙和自然必得听命我们的呼唤。

故宫

一重一重的宫墙。一道一道的城门。一座一座的守望的城楼。宫墙和殿柱是红色的。琉璃瓦和众多的器物和坐垫是黄色的。坍墀是白玉的。栏杆是白玉的。多少龙的雕刻，凤的彩绘。多少鼎玉，多少金珠？多少皇子皇孙的宫车，妃嫔媵嫱的梳台妆镜？他们占据在这里，几朝昏君，多少年代。

我看见辅导员带领着首都的红领巾在参观金碧辉煌而又离奇古怪的钟表。历史的进程是不可阻挡的。宫禁和内府成为人民游憩的胜地。

永恒的是天安门上的红旗。它号召我们不断地胜利前进。

石舫

她专横。她暴戾恣睢。她想拉住时间的风帆，让历史的船舷固定在湖岸上。

昆明湖的石舫在人民的眼中，成为对于慈禧的、对于人类历史进程中一切独夫的辛辣的讥讽。

湖波上，长廊间，绿荫下，到处荡漾着人们的笑语和歌声，闪耀着少先队员的红色的队旗。在这里，我强烈地感到，过去、现在和长远的未来，人民总是历史的创造者，创造历史的永恒的胜利者。

（首发于《光明日报》1961 年 5 月 11 日）

海堤

海堤像战壕又像高高的城垣一般，环绕着琅岐岛。

站在岛上最高的白云山的山巅，可以看到闽江口外的海上的日出奇景，看到大海……

那大海是多么美丽。在灿烂的阳光下，大海从我们的海滩和海堤的前面，向无边无尽伸展而去。在灿烂的阳光下，大海携带着一簇一簇的波浪，携带着许多结成花环似的泡沫，向我们的海滩和岩石冲击着，又返回去，向无边无尽伸展而去。在灿烂的阳光下，大海有的地方呈现深蓝，有的呈现淡灰，有的呈现碧绿，有的抹着胭脂红，近海滩的地方呈现土黄。有的地方，金光熠熠，银光闪闪，那里好像是一座万顷的百合花园和蔷薇花园。而点点的风帆呵，在海的近处和远处，浮移着，漂游着，好像白色的蝴蝶、褐色的蝴蝶、银灰色的蝴蝶。

那大海是多么的美丽。看它现在是多么的驯服呵。看它现在是多么的平静，在它的无限辽阔的胸膛里，它的心是多么的善良。

这平静而美丽的大海，曾经多少次像恶魔似的发怒起来，造成大灾难。它好像有最冷酷和最残忍的心肠，以它的 8 月大潮，9月大潮，好像千百个大闸，同时被冲破了。海潮和它的恶浪，一座一座的山似的冲上我们的琅岐岛，淹没了田园，淹没了村屋和畜棚，冲坏了田园，冲坏了村屋和畜栏，把泥土冲走。土地和田园整亩地一大片一大片地崩塌。把倒塌的屋梁和瓦片冲走，把猪冲走，把地瓜藤和岛上的树木连根冲走，把炉灶冲走，把婴孩和摇篮卷走。把人淹死，卷走尸体。在黑暗的反动派统治的岁月里，大海呵，我们的美丽的大海，你曾经和旧世界的剥削制度、地主恶霸、流氓兵痞，共同给岛上人民带来灾难！

要在这个海岛上建立一个自由幸福的花园，必须征服海，必须驾驭浪和潮流……

要像驯服狮子一般，驯服我们的大海。

海堤在岛上竖立起来了。

……土地改革以后，岛上人民组织了互助组，走上合作化的最初的道路。现在，我们还可以在岛上看到在那个时候，刚刚走互助合作道路的农民，三家五户共同在他们的田园前面筑起的小园堤。那真是很小，很矮，好像小小的土墩，那只能挡住小小的潮水，抵挡小潮……

那是最初集合起来的火药。是的，即在那个时候，在我们的党领导人民向地主夺回土地以后，农民刚刚走上最初的合作化道路的时候，那被解放了的人民便开始想向大海较量。随着合作化运动的往前发展，随着岛上人民阶级觉悟的越来越高涨，人民的雄心更大，胆量更足更壮，人民的智慧和才能，更加灿烂地发出它的光辉。岛上人民修建海堤和其他水利建设的规模越来越宏伟了。

　　人们在谛听着每一个浪涛的声音。人们在汇合着自己的力量。人们在聚集着自己的火药。沿着海滩，沿着那被海水侵蚀的碜质地带，长长的海堤，一道一道的海堤，被建筑起来了。英雄的金沙乡（现在的金沙大队），在这海岛上，是向大海挑战的先锋，它向大海下了第一道的檄文，向大海宣告：我们的双手是多么坚强呵。1952 年，在这海岛上，金沙乡以贫农组成的九个互助组为核心，联合起来，排开一切困难，用三万余个工，首先在这海岛上筑起了一条七华里长的海堤，围住了两千多亩田园。1955 年，毛泽东主席在这一年发表了《关于农业合作化问题》的报告。这一年，金沙乡组织了四个高级社。那多雨的冻冷的冬季，那海上刮起大风沙的冬季，浪在汹涌，海在咆哮，到处是泥泞，到处是没膝的咸水，金沙乡的四个高级社又联合起来；党员站出来，团员和所有的积极分子站出来，全乡的几百个妇女站出来，还有老人站出来，在支部的领导和号召下，在党团员和积极分子组成的突击队的带动下，向大海又开始作了一次艰巨的战斗：他们要把第一道海堤外的一千一百余亩碜质地带夺回来，决不能让海潮再来侵蚀，要把第一道海堤内的两千余亩田园更加巩固地守卫住；他们要在春耕之前，在一个半月的时间之内，完成四万多土方，筑起第二道海堤，一条十三华里长的海堤。四个高级社大协作，一千五百余劳动力彻夜与海水搏斗，连六十多岁的妇女都下水挖泥。一天晚上，海上刮起七级台风，大海咆哮着，呼啸着，挟着一座一座的山似的大海浪，向那还未完成的海堤冲击着，大海想把那还在摇篮中的海堤冲倒，撞塌，卷走！大海把海堤冲破了一个缺口……金沙乡的共产党员陈依朱抱着装满沙土的麻袋跃进海浪的急流中去，浪翻卷着，企图把他淹没掉；共产党员陈善平跃进海浪的急流中去，把陈依朱从急浪中抱住；许多许多的突击队员都跃进急流中去，他们手挽手，和陈依朱、陈善平一起，用胸膛挡住缺口！许多许多后援的社员群众急速来支援了，终于把缺口修好了，而且最后把全乡的第二道海堤筑起来了，把一千一百余亩土地，又从大海手里夺回来了。凯歌属于金沙乡的集体力量。海在他们面前又宣告败退。

人们在谛听着每一个浪涛的声音。人们在汇合着自己的力量。人们在聚集着自己的火药。在琅岐岛上，像金沙乡一样，这里，那里，工地上搭起工棚，办起临时食堂，千军万马，在大风中，在猛浪里，把海堤一道一道地建筑起来。

要在这个海岛上建立一个自由幸福的花园，必须征服海，必须驾驭浪和潮流……

要像驯服狮子一般，驯服我们的海。

1958年。光辉灿烂的1958年。8月间，琅岐岛人民公社成立了！10月间，岛上的人民，在党的旗帜下，向大海又下了一道檄文，公社调动了一万余人，把岛上原来是分散的，这是一段、那是一段的海堤，筑高，筑厚，并且连接起来，成为环岛的九十华里长的标准化的大海堤！

呵，那像城垣一般的大海堤，沿着全岛的岛岸，高高地竖立起来了。

1959 年 8 月，琅岐岛人民公社成立的一周年，海上刮起来十二级的强台风，这是几十年来罕有的强台风！1959 年 8 月，琅岐岛人民公社成立一周年，海上又掀起两次几十年来罕有的大海潮！有十二级的强台风和那几十年来罕有的大海潮，那是会把巨大的树木连根拔起，把庞大的机帆船掀倒的！县委会和气象台及时把台风警报预告公社党委和公社气象哨，琅岐岛的人民，及时做好了必要的准备工作。在台风和海潮到来的时候，公社党委用电话和广播筒指挥，全岛的民兵和所有能够上阵的群众，在十分钟内，有一万余人集合到海堤的险段上去，到必须防守的堤段上去。岛上的人民，便这样连续战胜了一次十二级的强台风和两次巨大凶猛的海潮！没有损失一条船，没有伤亡一个人。岛上的海堤像城垣似的巍然竖立在海岸上。琅岐岛人民公社和他们的海堤在严峻的考验中战胜了！凯歌属于琅岐岛人民公社，凯歌属于岛上人民的集体力量。

看呵，那大海是多么的美丽。它从我们的海滩和海堤前面，向无边无尽伸展而去。在灿烂的阳光下，大海呈现着深蓝，有的地方金光闪闪，银光熠熠，那里好像是一座万顷的百合花园和蔷薇花园。而点点的风帆呵，好像无数的白蝴蝶、银灰和褐色的蝴蝶，在花园间飞舞……

海堤像战壕又像高高的城垣一般，环绕着琅岐岛。

1961 年 1 月，福州

（首发于《人民日报》1961 年 5 月 21 日，收入《曙》）

岛上市镇

镇上种着许多棕榈树。那树梢大把大把扇形的绿叶，仿佛能招来清凉的海风和满树金黄的阳光。

这岛上的小小的市镇，它的街道是用海滨的石块铺成的，明亮，宽阔，洒满阳光和树影。

它的市街的一边靠着一座山上有榕树的童山，向晚的时候，榕林间有淡淡的蓝烟，有成群的鹭鸟、斑鸠、野鸽在飞旋、喧噪，咕咕地叫，鸟声传到镇上来；一边伸展到田野间，田野的前面，它的尽处是高高的海堤，是碧蓝碧蓝的大海，有时是橄榄色抹着玫瑰红的大海……

镇上的房屋，有木造的，有岩石和砖砌成的；有平屋，有双层楼房；那江氏祠堂有高高的防火墙、泥塑的鲤鱼的飞檐，现在它是公社保健院，它的对面恰好是过去的中药铺，现在是保健院的中药领药处，同时又是中药的收购站，门前挂着半夏、橘皮、丝瓜络、鸭胗、栀子、海胆等等的药材标本。镇上有公社草织厂的门市部，那里出售岛上的手工艺特产：黄草编织的凉帽、枕席、草席。有百货商店和银行。有理发店。有新华书店，出售很多的年画：一个胖娃娃抱着大红鲤鱼的年画，戚继光平倭寇的年画，公社托儿所的年画，一个女拖拉机手穿着工人服、脖子上挂着羊肚毛巾、坐在驾驶台上笑眯眯地向谁招手的年画。新华书店兼办连环画的出租，呵，那里常常围着许多红领巾，还有戴老花眼镜的老婶妈（老大娘）在那里看连环画呢。

公社农具厂原来设在这镇上。木器车间临街的门槛上围着竹的栏杆；铸造车间的熔铁炉，橙黄的火焰、深红的火焰在炭火里灿烂地燃烧着，它的临街的门槛上，也围着竹栏杆。公社化以前，它们是铺面相连的木器联合合作社和铁铺。这里，也多么地逗引着孩子们的心呢。常常有很多的小孩子，挤在竹栏杆前面，津津有味地看着师傅的铁锤怎样在铁砧上敲着烧红的船锚、烧红的锄和铧，溅起四射的火花；津津有味地看着木匠师傅怎样用竹篾箍着谷桶、木盆，看着刨花一串一串地掉落在地上。这些，都多么有趣呵。

农具厂前年便已经扩建了。它的新的厂房坐落在镇前不远的田野上。从镇上可以望见它的烟囱，它的竹篱和新种的棕榈树，它的玻璃窗。它已经有了九部车床，有了马达。呵，它的竹篱外面，有很多的孩子，红领巾或是放牧回来的牧童，站在那里，津津有味地看着那翻砂车间红红的铁水怎样流进砂模里，皮带怎样在飞旋……

那原来的木器车间和铸造车间，现在是公社农具厂在镇上的门市部。厂里生产的锄头、船锚、打谷机、插秧机，过去铁铺的名牌货小剪刀、钓鱼钩、洋铁钉，等等，分门别类陈列在那里。休假日来到了，四乡各大队的社员们，男的，女的，发髻扎着长长红发绳的渔村妇女们，船老舵们，到镇上来，总喜欢到这里来看看，买一点什么小农具带回去。农具厂的门市部，总是那么热闹。

镇上有一座红砖的尖屋顶的建筑，是岛上的邮电局。邮电局门前很宽阔，那迎风摇曳的棕榈树下的旷地上，摆着一张木桌，那里围着好多人在干什么呢？哦，原来是公社组织的五金修理站，许多人在那里修理闹钟、自来水笔、手电筒、钱袋的拉链等等。邮电局每天都多么热闹，很多的渔民家属在那里寄信、取款；因为这岛上的一部分渔民，春汛到了，他们都到舟山群岛的渔场去捕鱼，他们汇了款回来，他们寄信回来……

"阿圭婶，你的阿圭这次听说又评为模范，沈家门那边已经寄了喜报回来……"

"你的阿水哥不是也评为模范……"

这是一个多么美好的市镇呵。它的街道是用海滨的石块铺成的，镇上种着许多棕榈树，明亮，宽敞，洒满阳光和树影。公休日的时候，镇上有那么多的人……

1961 年

（首发于《人民日报》1961 年 5 月 21 日，收入《曙》）

秋天及其他

秋天

秋天在我的忆念中，是色彩斑斓的。森林中的枫树，橙黄的火焰一般，流光溢彩的锦一般，明亮的早春二月的红花一般，照耀在杉木林的永久的苍郁中间，照耀在山溪的陡坡上和山径的两旁。

这时候，雨水少了。天像瓷器一般的蔚蓝、明洁，森林的上空，纤云不染，而注满金色的阳光。我想，这时候，大自然的心倾注于季节的转向新的高点：从夏的碧绿和茂盛，转向秋天的灿烂辉煌；我想，大自然钟爱自己的每个季节，它永远奋发，它像我们一样，在我们这里也永远欢乐和灿烂。

森林中的树

森林中的每一棵树，我感到它们都懂得自己对于整座森林的贡献，懂得享有了这里的阳光和雨露，享有了这里的全部光荣，我感到它们有共同的信念和所仰慕的；于是，我看见他们满腔热情地以它们各自的姿态，欢乐地生长；

以自己的歌声，在风中，参加整座森林的合唱。

水文站

溪流中多岩石的沙洲。那里，丛生的芦苇和蓬蒿，是水鸟的家，是水鸟栖息的地方。

闽北一条山溪中的沙洲。那里，靠着铁锈色的岩石，有一座木屋，是我们的水文站。洲岸的石级旁边，屹立着露出水面的白色的水尺……

枯水期，雨季，山洪的暴发，山地大暴雨的骤然降临：一位年轻的姑娘，剪短发的姑娘，我们的水文工作者，她打着赤足，在那里记录水位的升降、流量、溪洪的流速、水的行踪……她的眼睛多么明亮呵。

她在想着什么呢？她想起这溪流的两岸，在它的流域内，丛山峻岭间，山塘和水库的堤坝；她在想着，穿过闽北的深山间铁路的路基，伸入密林间的森林铁路的轨道？她的眼睛多么明亮呵。

她在想什么呢？她想起巩固和安全，想起水的脾气吗？她在想着百年大计的建筑和水的关系吗？在她的眼前，仿佛出现了一张松木的大办公桌，电灯下，水电站的建设者们，水电站的工程师，在研究和查阅一份一份的水文资料……在她的眼前，仿佛出现了一座巨大的人造湖，湖中有巨船行驶，湖岸上，闽北的层峦叠翠，一座一座的高压线的铁塔；呵，她在想着，万千盏的电灯吗？她的眼睛多么明亮呵。

闽北山溪中的沙洲。那里，有我们的水文站。一位年轻的姑娘，头发剪得短短的，她在水边，打着赤足，勤恳工作。青春的光辉，爱和理想的霞彩，在她的瞳仁里闪耀。她的眼睛多么明亮呵。

（首发于《热风》1961年第6期，收入《你是普通的花》）

长江

　　长江很早便醒过来。它醒过来的时候，浦口车站上的路灯还没有熄灭。

　　长江很早便醒过来。它以鱼肚色抹着缕缕玫瑰红的曙光，它以宽阔的江面上的黎明，它以4月的风吹拂着的麦浪似的水波，它以脸上展开的微笑，迎接过江的渡船上的火车和旅客。

　　哦，长江。哦，我们的古老的、古老的母亲，以自己的乳汁，千年万载地哺育了亿万子女的乳娘。

　　我们从车窗里看见你，你这样的容光焕发，你的笑容多么甜美。我想，不只是这江面上众多的升帆的货船和鸣笛的汽轮，那来往穿梭的舢板和驳船，不只是停泊在江心的钻探船，不只是下关码头两旁长长的仓库、堆栈和高楼，使你的心好像黎明一般的舒畅，青春一般的欢愉。

　　哦，长江。从你流动和奔腾过来的、纵横广阔的土地上，山和一串串的明珠一般的湖泊，江岸上的码头，建筑物，无边无际的田野，风车，工厂和一座一座的城市：不只是这些，使你的脸上堆满笑容，使你的心好像黎明一般的舒畅，青春一般的欢愉。

　　哦，长江。哦，我们的古老的、古老的母亲，以自己的乳汁，千年万载地哺育了亿万子女的乳娘。我想，那是祖国人民的无比的幸福生活，那是祖国人民对于未来的灿烂的理想，祖国人民奔赴未来的壮志，那是我们这个时代的全部光辉，照耀得你的心像黎明一般的舒畅，青春一般的欢愉。

呵，你以宽阔的江面上的黎明和粼粼的水波，你以脸上展开的微笑，迎接着过江的渡船上的火车和旅客。我们看见你，你这样的容光焕发，你的笑容多么甜美。

为我们这个时代的光辉所照耀，你这样早便醒过来了。水呵，风呵，玫瑰色的曙光呵，我们一起来歌唱我们这个时代和我们的祖国的赞歌。

1961 年

（首发于《文汇报》1961 年 7 月 6 日，收入《英雄和花朵》）

曙

仿佛是岛上的山冈的墨泼似的轮廓，东部岛岸上的悬崖和松树的剪影似的轮廓。

仿佛是悬崖上我们的海军的观察所的轮廓。

仿佛是公社渔具厂的烟囱，公社蒸汽厂的烟囱，公社水产加工厂的烟囱，村里天后宫、渔民小学的屋顶和球场边翠竹的影子，村里江氏家祠、渔民保健院的两边高高翘起的鱼尾形的屋脊的轮廓。

最初开始隐约地浮现出来。

伸展在岛前的我们的美丽的海洋和渔港，有灯塔上的灯，有渔船上的风灯，还在闪亮……

天空呈暗蓝色；呈暗青色；倏忽之间，暗青中仿佛出现了最初的曙明；有最初的金光和霞彩开始闪耀，倏忽间又消失；瞬息间又熄灭。

东方欲曙。

仿佛看得见公社气象哨的白色木栅，木栅内白色百叶箱前有人影在移动：是公社气象员已经起来工作了吗？海堤上的草垛，仿佛可以辨明；仿佛已经能够辨明公社造船厂的篱笆；仿佛看得见三八畜牧场的铺盖着茅草的屋顶，那里的井边的木架和木架上的桔槔，一上一下地起落：姑娘们已起来冲洗牛栏了吗？

那长长的、高高的海堤，它的轮廓越来越明晰了，看得见沿着海堤竖立的电杆木：海军部队的电话线，公社广播站通到渔港的电线，仿佛在风中闪动。呵，我们的水兵已经起来，他们沿着海堤在跑步？做早操？那不是我们岛上的民兵？呵，他们只穿着背心。我们的民兵和水兵们一起沿着海堤在跑步……

那岛岸上的悬崖，那伸入海洋环抱着我们的渔港的悬崖，更加明晰了：我们的渔港在海岸线前面明亮地浮现出来了；那里，无数的桅樯上面，三角形的红色风向旗，在风中飘摇；那里，密集的船只和它们的风帆构成的水上的城市，明亮地涌现出来了……

而这时，天空中开始出现了万道霞光，我们的海洋从暗蓝中，顷刻间成为万顷的蔷薇园，成为万顷的闪闪发光的玫瑰园。呵，看呵，看呵，两艘我们的海军炮艇在渔港前面，在万道霞光的天穹下，在我们的海洋里，穿过海的万千朵闪闪发光的蔷薇花和玫瑰花，箭似的开驶……

而这时，岛上的公社广播站的晨间节目开始播送了：

东方红，

太阳升，

中国出了个毛泽东……

音乐弥漫着全岛，弥漫着我们的海洋的玫瑰园，弥漫着天穹中的每一缕霞光……

　　而这时，我看见东部岛岸上的悬崖和松树，也好像披满着全身的霞光和音乐；呵，悬崖上，我们的海军的观察所里，我们的战士以他的曙光一般的心，和我们的早上出巡的舰艇，一起在注视和守卫着祖国的天空和海洋。

1961 年

（首发于《光明日报》1961 年 7 月 13 日，收入《曙》）

华北平原怀思

我以我自己对于南方的乡土的眷恋，思慕着祖国的北方的土地；这里的苍穹无比辽夐，泥土呈黄褐色，正像我们自己的肌肤。华北平原呵。

我以我自己对于南方的乡土的感念，思慕着你的土地和人民的血肉相连，华北平原呵。你的苍穹没有边际，你的土地浑雄而深沉，你的土地像海洋一般肃穆、平坦，大度而宏伟；你的天空和大地总是引导着我们向最深远的视野里去眺望，正像我们自己的胸襟，我们自己的目光；我想起这里是我们的民族的生命的最初的摇篮……

这里的风曾经携带着我们的祖先的谷种，在泥土里播撒，雪和雨养育着它们……

从太古的洪荒时期，从图腾制度时代的初期的渔畋生活，从最初使用的极简单极原始的钝厚的石片和木棒，从最初的阶级分工，经历过怎样的与自然的斗争，与洪水猛兽，与雪崩、冰雹的斗争，经历过怎样的苦役和灾难、起义和搏斗，经历过怎样残酷的斗争、流血和死亡，经历过怎样的时间的长河，而到达今天的如此灿烂欢乐的时代呵。

华北平原呵。

我想起在你的土地上的人民公社的机耕站。我想起和看到淮河流域的众多的水库和船闸，光明的水电站。我想起"黄河清，圣人出"——几千年的人民的愿望成为现实；当我们的列车从黄河的铁桥上行驶而过时，我想起桥梁下面的每一滴水，都带着电的光明和喜悦，赞美和欢呼……

我以我自己对于南方的乡土的灿烂光辉的振奋，思慕着祖国北方土地的兴旺，华北平原呵。

车声辚辚。万马奔腾。

六亿神州尽舜尧。

我们的人民正在我们的国土上，向人类的最美妙的世界——社会主义和共产主义的世界突进。我想起在我们的面前，那天空和大地总是引导着我们向最深远的视野里去眺望呵。

1961 年

（首发于《文汇报》1961 年 8 月 4 日，收入《英雄和花朵》）

榕荫断想

木棉树

它在梦中，也没有看到雪。

我在南方的绿色的海岛上看到它。我看见它为亚热带的太阳所眷顾，它高大。

作为对于太阳的答礼，它的高枝拭拂着蓝天……

作为对于太阳的答礼，我记得它在碧绿的 4 月，开放着满树的红花。

一朵花是一朵火焰，一棵树是满天的彩霞在燃烧。

1959 年

龙舌兰

我感到它的心灵里有发光的宝石。它的晶质，使我深思和为我所敬慕……

在岩石旁边，瘦瘠的沙土里，缺乏水分的海滨的丘陵上，它顽强地、生意葱茏地生长，绿叶形似剑。

无畏于酷暑，不怕风沙迷蒙；在它心中，没有考虑到降下的雨水总是在灼热的沙砾间很快地蒸发……

呵，在这荒凉和充满困难的地带，它首先来征服，有坚韧的战斗的勇气。

我想到，不管如何，它有许多美德，使我深思和为我所敬慕。

1959年

榕荫断想

（一）

榕树魁梧，强壮。

在酷热的暑天，榕荫转午。

这时候，在渡口的石级边，河岸上，村路的两旁，它以自己的全部力量和才智，撒下凉荫，覆盖着河边的船和村边的道路。

我看到这情况，我很感动……

我想到所有哺育我的人，所有庇荫我的人，所有无私地体贴我的人……

（二）

呵，此刻我怎的想到曾在一个什么地方——是在一条河边？是在一座石桥的岸边？

我曾在旅途中，看到一棵榕树的枝干上挂着一口钟，我曾在一个村庄的路口，看见在榕荫的覆盖下，有一块光滑的、长长的石板，好像石床。

这使我很感动，呵，我想，我不会无缘无故地记挂着旅途中常见的这些小小的印象，不知怎的，我一想到这些，便同时想到那些伟大人物的不平凡的业绩，想到伟大人物心灵中永恒的慈祥，想到他们的谦逊，他们的德行的光辉。

1959 年

（首发于《福建日报》1961 年 8 月 22 日，收入《你是普通的花》）

致黄浦江

我看见你日夜繁忙。你的波浪永远荡漾。你的江边耸立着巨人的手臂一般的起重机。你的波浪上，来往着各种船只。

我看见巨大的远航轮船，好像一座一座的高楼大厦建筑在水面上，它们停泊在你的广阔的江面上，上面飘扬着我们的国旗。

那巨大的远航轮船是我们自己的造船工人修造的。它们沿着长江开驶；它们沿着我们的海洋上的航路开驶；开到武汉，去问候壮丽的长江大桥；开到宁波，开到位于伸入海洋中的半岛的尖端上的威海市，和海滨的蓝色的花朵一般的青岛。

我看见你的江岸上，站立着整个上海，祖国的最热闹最巨大的城市。它的二十四层的高楼和广场，它的电线网和外滩公园的草坪、绿树，它的全部繁荣和"大跃进"的激昂的胸怀，一起照耀在你的波浪上。

我看见你日夜繁忙。你的波浪永远荡漾。你在唱一支歌，一支社会主义祖国的江和巨大都市的喜悦、振奋和荣耀的歌。你的波浪永远荡漾。

（首发于《文汇报》1961年9月29日）

钱塘江

在一个夏天的洒满玫瑰红的彩霞的早晨，我向你致意。

在你的有名的铁桥下面，在你的曲折而宽阔的江面上，每一滴水，江中的每一块岩石，都在酝酿着，都在创造着，是为了在那黄金一般的秋天，在传说中那一年里月亮最圆最亮的时候①，掀起万马奔腾和万钧之势的浪潮吗？

我觉得，我强烈地感到，沿江的每一棵桑树，每一幢厂房和它的烟囱，每一亩良田里的稻穗，村庄里的每一口鱼塘，放牧羊群的草地，每一座山上的茶树，沿岸上的每一座起重机，来往江中的每一艘大小船只，人们胸中的心和手上的力量，都在酝酿着，创造着，奔赴社会主义和共产主义前程的不可比拟的壮丽的浪潮！

站立在你的江畔，呵，心潮逐浪高。

1961 年

（收入《英雄和花朵》）

---

① 指中秋。

村和镇

——山区速写二帧

站立在溪边的山村

它站立在富屯溪的溪岸上。

由于它的美好引起我的思念，我希望能够用自己的线条，把它像阳光一般照耀在我心中的明亮的印象，画出它的速写一帧。

它的背景，是闽北的山；高峻的、重叠的山，杉木林和芬芳的樟树以它们的彩笔涂成墨绿色的山。我想起闽北的雾，那里的 5 月的雨季，清明和谷雨前后的阳光的明亮，那里冬季凛冽的霜晨，暑天的中午时分，哦，任何时候，作为它的背景的山，都是高峻的，美丽的。

我想起它的渡口。它的渡口的石级，和在秋天里好像 2 月的花的香枫树，应该是很古老的了？比摆渡的老人年纪都大得多。那里，渡船风雨不误地等候过渡的人们。那位摆渡的老人，熟悉水性好像熟悉他的舵，我记得他的船前挂着一件棕衣。

我想起它的渡口。我第一次在这里过渡的时候，我遇见厦门大学经济系的三位同学；当时他们住在村里，调查村镇的商品流通情况。遇见一位年轻的野生油料植物普查队的队员。他把笔记本借给我看。他的笔记本里，夹着各色野花、草叶、草枝，仿佛至今还在我的记忆里散发出山野间植物油的香味；他的笔记本里，记着各种野生油料植物的土名、初步鉴定的学名、从坡上从崖隙间还是从涧边采集来的、采集的时间、各种植物的习性，等等。从那字里行间，仿佛看得见他的翻山越岭的辛劳，他对于自己工作的全盘爱戴。呵，在山野的草莽间，为人民发掘富源，年轻的野生油料植物普查队的队员，我思念你，此刻你在哪里呢？

我想起它的渡口。我第一次在这里过渡的时候，我望见它的对岸：鳞次栉比的山镇，鹰厦铁路跨过一座山涧的桥梁从镇前伸展而过；离集镇不远之处，是小小的火车站；离火车站再过去不远之处，是一座炼铁厂，那里，有曙明时东方无际的火焰和浓云一般冒出烟囱的烟，它使我欢喜，后来我知道，它是大炼钢铁运动中发展起来的。在集镇、火车站、铁路和炼铁厂的背后，是闽北的山，高峻的、翠绿的山。那里，在一座山镇上，掩映在一派杉木林中间，有一幢气象站的木屋，周围绕着白色的木栅。后来我知道，山巅的气象站的同志们，曾经来到村里，举办简易气象讲座，搜集农谚；他们曾经在山上捕捉了五只野兔，送给村里的畜牧场。

呵，它是站立在溪岸上的山村。它的溪岸上，有一座造船厂，一座碾米厂。它的碾米厂是一座木盖的楼房，屋顶铺盖着杉树皮，加工村里各家各户和公共食堂的谷子、小麦、甘薯和玉蜀黍。朴素的、勤奋的、多才多艺的碾米厂呵，它很忙。造船厂没有船坞，是由一座临溪的旧祠堂改造而成的，那里，修理和修造各种木船：运载干稻草和沙的木船，双桅的货船，宜于放乎溪流中撒网的渔船。朴素的、聪慧的造船厂呵。看到新造的木船在溪流里初次的航行，我心中是欢喜的，快乐的。呵，我想起造船厂和碾米厂的四周，都种着一棵一棵的棕榈树，我多么喜欢棕榈树，我想起那里的棕榈树在溪畔的风中摇曳，美丽得好像绿色的蓑衣和雨伞。

它的溪岸上，还有一座木盖的、大大的避雨亭似的竹索厂。工人都是村里的妇女。她们在厂前的溪滩上，用木制绞车把竹篾搓成船缆，船只停泊时，系在水边的木桩上的船缆。我想起它的溪岸有多么的美丽。它的溪岸在我的记忆和思念里，有如一条花边，有如一条宽阔极了的、芬芳的、彩色的花边。这溪岸原来是瘦瘠的沙地和岩石，过去都长着芦苇和蓬蒿。1949 年以后，"大跃进"以来，沿着溪岸，已逐渐开垦成为果园，种着李树、桃树、橙树，那橙树听说是从浙江黄岩送来的树苗，还有橘子树；已开垦成为桑园；已开垦成为菜圃，种着茄子、西红柿、四季豆、豌豆、向日葵、空心菜、蕉芋和木薯；已开垦成为瓜园，种南瓜，试种过新疆的哈密瓜，那哈密瓜的瓜种，听说是一位省人民代表来到村里时，送给大队部的。它的溪岸，我觉得最美丽的时候，是春天果园里桃李开花的时候；最芬芳的时候，是橙花开放的时候；最繁华的时候是 4 月，是 5 月，是 6 月——农历端午节前后，是 7 月，这些时候，各种豆瓜菜蔬成长，先后开花结实；最灿烂的时候，是橙子黄和橘子红的时候，果园有如绿水晶的宫殿，挂着黄的灯，红的灯；有如绿水晶的天穹，缀着黄的星星、红的星星：甜蜜的灯和芬芳的星星。呵，我想起溪岸上桑园里采桑女的笑语和她们的山歌，想起了桑园里4月的曙明时的露水和霞光……

呵，站在溪岸上的山村。它的村路和村中的小巷，是用溪边的卵石铺成的，它的村中的木屋，大半是用溪边的卵石砌成的墙基。干净的村路，水牛和黄牛行走而过的村路，载着散发着太阳的香味的干稻草的手推车，载着从山上砍伐下的柴草的手推车，咿唔咿唔地行走而过的村路，路旁搭着丝瓜棚的村路；在这里经过时，我的心中多么舒畅。呵，村中的鳞次栉比的木屋，门槛和窗户都洗刷得很干净。村里的人们，很喜欢在自己的窗户两旁贴上春联：别出心裁的春联，上面还写上汉语拼音字母呢。我想起每家木屋的门前屋后，都种着几棵棕榈树，使村庄清凉的棕榈树，在雨中好像雨伞的棕榈树呵。

村里有许多池沼。有的是养鱼塘，有些鱼塘旁边，也种着棕榈树，或是搭着丝瓜棚；有的池沼养殖水浮莲，这是属大队畜牧场的。水浮莲的池沼旁边，向阳处挖着一口一口的小地穴，上面盖着玻璃，这是留种的水浮莲过冬时的暖房。听说这是农学院下放到这里劳动锻炼的一位讲师，告诉畜牧场的饲养员这样做的。村里有豆腐坊，那里散发豆酪的香味；有酱油和咸菜的作坊，那里散发着茴香的香味；村里有供销合作社，它兼售对岸镇上新华书店分发来的各种通俗书刊、小人书和年画，它的门口挂着一个邮箱，每天有山区邮递员来收信件；呵，那骑自行车的中年的山区邮递员，他几乎认得村里的每一个人，我在村里住下的那些日子里，我记得他很快便认识了我，他，仿佛是每天来村里送喜讯的……呵，村里有试验养蚕场。那是一座新盖的、有玻璃窗的木屋。场里曾派两位姑娘，高小毕业生，到江苏去学习养蚕的经验。我想起了那里的蚕的蛾，雪白的茧，雪白的纺车上的透明的丝；我想起了绸缎上的花瓣，仿佛是从这山村里的姑娘们的双手上诞生……村里养蚕呵。

呵，我思念着它的水中的村庄：离这山村不远之处，溪流中有一个小洲，坐小木船，这是乘捕鱼人的一叶小舟，我记得小巷两旁的水道里，从山上流下的泉水，淙淙地流响；我记得有许多竹管相接着，把山泉通到各家各户，充满着山野风味的自来水，朴素的自来水呵，我记得这里充满着泉水的引人思念的歌唱……

在半山坡上，和居民区相毗邻，掩映在一派墨绿的杂木林之间，有几幢楼房：大大的玻璃窗，黄色粉墙，红瓦屋顶，宽阔的有栏杆的走廊和天桥；还有开阔的林中的球场，透过树荫，看呵，球场上有许多山区的年轻学生，穿着背心短裤，在打篮球，这儿是镇上的林业专科学校。林业专科学校教职员工办公楼的红屋顶上，看呵，风速仪在山风中一会儿一会儿地旋转着。

在半山坡上，和这居民区相毗邻，掩映在一派萧疏的竹篁之间，竖立着一座地质钻探队的钻塔一般的大木架；木架上放置着变压器；竖立着这山镇里的森林化工厂的厂房；那里，利用松树根，提炼汽油和煤油；利用野生的山苍子的树叶和果实，提炼香料油；利用杉树皮和竹子，生产纤维板；利用石炭窑里的醋石，生产醋酸；那里，还有生产优质松香的车间；那里，烟囱里冒出来的浓烟，和林间的雾、出岫的云，一起升腾至群山的上空，芬芳的工厂呵，当山上的云和雾消散了，它的烟囱里的浓烟，还一直往森林的上空升腾，升腾……

古老的、美丽的，在我们的时代里，散发着青春的芬芳的山镇呵。

它的市街，临着一条宽阔的溪流，对岸是傍着山麓伸展而过的铁路。它的市街，临着一条宽阔的溪流，溪边有一个古老的渡口，有两座新建的码头。高大的枝叶扶疏的樟树，覆盖着渡口的石级，水门汀的栏杆，围着新建的码头。我看见有多少木筏的队伍，从溪上漂流而过，有多少大小的木船，从溪上行驶而过；有多少木船停泊在码头边，又从这里出发呵：是这宽阔的溪流，使这站立在溪岸上的山镇繁华起来吗？是这山镇的繁荣，使这山溪显得繁忙吗？

它的市街，有农具厂的门市部；有雨伞厂的门市部：那里，出售的雨伞听说是已流传一百多年的名牌货，叫"澳柄伞"；澳柄是附近一个山岭的名字，以当地的桐油、纸和竹生产的澳柄伞，一向以耐用著称。它的市街，有香菇和玉兰片（笋干）的收购站，有中药材的收购站，有桐油的收购站；有招待所和饭店。那饭店里，有鹧鸪、雉鸡、野鸽，市街百货公司的大楼，有红的屋顶，黄色粉墙……呵，这山镇的市街多么热闹呵。附近四乡来到街上的山民，有坐木船来的，有坐火车来的，有走山路来的；有挑着一麻袋香菇或整担的笋干来的，有挑着各色各样的草药来的；我看见有用着竹笼装上穿山甲或是拎着一大串山羊角到中药材收购站来出售的；我还看见一个打猎队的队员，到镇上来出售虎皮，他来到镇上，身上还携带着土猎枪；有挑着桐油来的；我看见附近四乡来到镇上的山民，他们戴着笋箬编成的尖顶的斗笠，我感到他们多么朴素。不知怎的，我感到他们的心中多么欢乐……

呵，这山镇的市街，临着一条宽阔的溪流，对岸是傍着山麓伸展而过的铁路。这山镇的市街多么热闹呵。有上岸来的，穿着蓝色防雨衣的木筏工人；有上岸来的，上饭店喝点酒的船老大；有铁路的护路工人；有操着外省外乡口音的旅客；呵，从这山镇翻越一座山岭——现在有一条简易公路越过这座山巅——那里有一座中型的水电站，星期天或是休假日，水电站的职工，那里的卫生所的护士，架设高压电线的电工，在那里实习的年轻的机电学院的同学，拦洪坝闸门的电动操纵手，水轮的检修工人……他们到镇上来访亲会友，买点山货。我住在镇上的那些日子，每个星期天，我都遇见水电站的总工程师和他的爱人，带着两个孩子在这山镇的溪岸边散步。总工程师的爱人，听说是在这镇上的林业专科学校里当讲师的，两个孩子都在镇上小学里念书，他们在这里安家落户下来。不知怎的，我感到他们的生活过得多么惬意……

繁荣的、古老而美丽的、在我们的时代里容光焕发的山镇呵。

早晨，这山镇里常常罩着闽北的雾，雾里有山禽的鸣声传来，有溪流、远处的瀑布和泉水的流淌声传来，也十分动人。那夜晚里，山镇多么灿烂呵，水电站输送来的电流，使这里的居民区、市街和学校、码头，千盏万盏的电灯齐放光明。

木筏和木船上的灯火，和岸上的电灯，一齐倒映在溪流里，多么迷人的山溪的夜晚呵。

木筏上的风灯，船上的灯火，岸上的电灯，森林化工厂上空的一道一道的火光：堇紫的、麦黄的光芒……对岸奔驰而过的火车的白虹似的灯光，呵，使这个山镇的夜显得多么辉煌呵。

　　繁荣的、灿烂的山镇呵。

　　我们乘坐的竹筏，可以到这个小洲上去，那里原来是生长芦草和苦艾的荒洲。1958年的秋天，火红的、"大跃进"的日子！那里，被开垦成为番薯和玉蜀黍地：番薯在那里开放淡紫色的和白中透紫的喇叭花，玉蜀黍在那里结着乳黄和火红的珍珠；那里也种小麦和花生。今年春天，洲上已开始试种水稻：繁荣和逐年的增产，随着辛勤、不怕困难和"大跃进"的雄心，来到溪中的小洲，荒凉被驱散。呵，我思念着洲上的番薯的地窖：这是把洲上隆起的一些小丘，挖成洞穴，里面储藏收成的番薯。我思念着在这小洲上开垦的年轻人，他们从山村里向这荒洲进军。开始时，他们在这里住的是草寮，现在洲上已盖起他们的住屋，有三对男女青年在洲上结婚，安下了新的家；青年突击队的女副队长结婚后，已经生下孩子哪！这小洲四周岸上，种着一棵一棵的棕榈树，它们在风中摇晃，招呼从洲前的溪流里漂流而过的木筏，招呼着溪流中的木船和小汽轮。

　　呵，站立在富屯溪的溪岸上的山村。这几年来，我有机会在它的村庄里住下几次。1956年，它是高级社，1958年，"大跃进"的火红的日子，它是公社的一个生产大队。我看见这里的人民和村庄、山和田野、溪岸和果园正沿着幸福的、富裕的阳关大道向前飞奔。呵，它现在是山区公社的一个生产大队。它多么美好呵。

山镇

古老的山镇呵。

据说在元、明年代，它曾经是县治所在地。镇上的陈氏宗祠（现在是小学校的校舍），门前有石狮和石雕的旗杆，镇口还有三五座石的牌坊，有的已残缺，有的尚完整。镇上居民区中的一些旧民房，有高高的防火墙，门槛前围以雕木的栏杆，这些都还保存一种古老的遗风。

它的市街和一些居民点的小巷，在一些老人口中，至今还沿用旧名，如衙后街、鼓楼前等。岁月荒老，其实，谯楼或是县衙门，是连遗迹都难以稽考和追寻了。

离镇四里左右的溪谷涧，一条银色的、喧哗的瀑布，悬空倾泻下来；它的弥漫着晶莹的水雾的深潭旁边，有一座依着山势建筑的魁星楼。听说这是从清嘉庆年间保存下来的旧建筑。中华人民共和国成立后经过修葺髹漆，楼栏阁甍，仍袭其旧。它是山区人民公休时游憩的胜地。

这些古老的建筑物：那石的牌坊、旗杆，居民区中民房的防火墙，瀑布旁的魁星楼，呵，我看见它们和镇上的森林化工厂的烟囱，和跨过山谷间的高压电线的铁塔，和从镇前的山溪对岸上经过的高高的铁路路基，一起竖立和出现在这群山中的市镇上和它的周遭。

古老的、美丽的，在我们的时代里，青春焕发的山镇呵。

它的民房，错落地散布在半山坡上，山上覆盖漫天的丛林。

（首发于《新港》1962 年 3 月号）

霜晨

那小溪的木桥和它的栏杆上，都凝满了晶莹的繁霜。那停泊在溪边的木船，甲板和篷上都凝满了晶莹的繁霜。

那溪畔的高大的樟树，绿褐色的树干上都结了闪闪发光的霜花。那溪畔的芦苇间的清水，都结了透明的薄冰。那堆放在溪岸上的高高的木材，好像撒满了洁白的银粉。

那村庄的鳞次栉比的屋瓦上，好像雪白的水晶在初升的晨曦里闪光。我看见这村庄四近的山峦和树木，在淡淡的蓝色的轻霭里，在初升的晨曦间，仿佛有万千晶莹的珠宝在闪光。

那村公共食堂的屋顶，炊烟冉冉上升；那融化的白霜腾起氤氲的轻烟。呵，在村公共食堂不远之处，是大队的三八畜牧场。畜牧场的铺着干稻草的屋顶和周围的木栅，木栅近旁的越冬的野草，仿佛都撒满了洁白的银粉，凝结着闪光的水银。

一个银的、水晶的、闪光的珠宝般的霜晨呵。我看见大队的三八畜牧场前面有一个很大的池沼。池沼里原来是养殖饲猪的水浮莲的，现在也结了乳白而透明的薄冰。

一个早春里的霜晨呵。我看见一个四十来岁的妇女，她的身上系一条蓝色旧布衫改成的围裙，上面有"三八畜牧场"几个红线绣字。她是饲养员？她是畜牧场场长？她是谁？她蹲在池边用稻草在点燃篝火⋯⋯

　　哦，那池边挖了一个小小的地窖：上面嵌着玻璃，地窖里培养着几棵青翠青翠的水浮莲。这是给留种的水浮莲过冬的暖房。她蹲在这池边用稻草点燃篝火⋯⋯

　　我知道，这是防霜冻的"熏烟法"。她听了天气预报，为保护留种的水浮莲不受霜冻之害，在这里用稻草点燃篝火，守了一整夜，一直到现在吗？她身旁篝火的余烬还在袅袅地腾着白烟。

1961 年 3 月

（收入《曙》）

壶江岛笔记

　　壶江岛和琅岐岛相对。不知怎的，我感到它们好像两个村庄，中间只隔一条河。站在琅岐岛的渡口，能够望见壶江岛的渔村、小学校舍、庙宇、树木、码头、船。我们在渡口的草地上坐了一会儿，望见渡船离开那边石砌的码头，摇过来了。

　　自琅岐岛渡口至壶江岛，不消一刻钟。坐在渡船上，好像平常在村间隔河过渡，有一种村野风味：渡船在两岛的小小海峡之间，又摇过去了。

　　在闽江口诸海岛中，壶江岛为一蕞尔小岛，一个美丽的小岛。沿着它的岛岸环行一周，不消一刻钟。许多船只，停泊在岛前的海湾里。桅樯、船缆、风帆、桅杆上转动的风向旗，使我想到它们都有各自在风浪和海上的历程。

　　壶江岛的地势，是狭长的。两端各有一座岩石累累的山岗。全岛近八百户渔民，住屋都集中在中间的低平地带。我一时还没有见到，有一个村庄，如同在这个岛上所见到的：它的住屋几乎都是一座一座的木楼，它们又大半是新盖的，或经过重新修葺的，开着玻璃窗。村巷、村路，用石板铺的，都很宽阔。从岛上的村庄里经过，一砖二石，一道门，一扇窗，仿佛都想告诉我一个幸福的故事，都向我呼唤。而它们也一定会听到我心中的赞美。

村中有许多古老的榕树。它们都朝着一个方向倾斜着，大可数人合抱的树干和垂下长长须根的枝干，都一个方向朝着岛内倾斜着。这是多少年月以来不可计数的飓风和暴雨，在它们的生活经历上的记录。一棵一棵的榕树，仿佛都想告诉我们，它们的根底深入海岛土地的深层，不可动摇。榕荫下面，妇女们三三五五坐在一起，编织渔网。那棕褐色的渔网，深黑的渔网，雪白的尼龙渔网，从她们身边一直铺到很远的土地上，好像层层的彤云和浓黑的云、发亮的雪白的云，从她们身边涌出来，一直铺到榕荫下很远的地方，仿佛还要飘散开去，一直浮游到蔚蓝的、在夏阳下闪闪发光的海上、浪花上。

像在许多渔村和海岛上一样，这岛上有一座妈祖庙。庙墙涂着丹红，它傍着海滨的山岩。在旧时代里，妈祖是渔民信奉的风浪上的守护女神。渔船上也祭祀她的神像。在往昔，在那悲怆的年代，在这座庙宇里，有过多少的祈愿？承受了多少的信赖？香烟缭绕里，应诺了多少的期许？我在童年时代，曾经在故乡的妈祖庙里看到她的神像，神态娴静、沉思，是一位和善的姑娘。传说中她是南日岛的一位渔家姑娘，没有出嫁。在旧时代里，在渔民的想象里，她又是一位怎样的英雄呢？她怎样和风浪搏斗和制服风险呢？风浪为什么在她的面前退却呢？妈祖庙左近，也有许多古老的榕树。它们的荫郁枝叶和强壮树干，也都朝着岛内倾斜着。风呵，岛上的每一棵榕树，仿佛都想告诉我一个风的故事。

渔民小学的校舍建筑，面对妈祖庙，掩映在榕荫中。这是一座青灰色的新盖楼房，花岗石的石基。它的玻璃窗，照耀着海上的浪影、岛上的阳光和榕树的树影。就在榕荫下开辟一个广场；是球场，也是全岛放映电影幻灯和召开群众大会的地方。有什么启迪智慧的科学技术的幻灯片在这里放映过？这里放映过古巴的影片吗？漳州的杂技团来过岛上作巡回演出，听说福州的北方曲艺队也是在这广场上表演。小学校在暑期里放假了。广场上，榕荫下面，渔民们用绞车在打着很长很长的十分粗大的竹篾船缆。这种劳动，要付出极大的力气，要有极大的臂力。他们人人肌肉发达，肩宽背厚，臂强腿壮，一副铜浇铁铸的体格。我想到矿工的塑像，渔民的塑像，在雕塑艺术家的手中，为什么是现实生活中的力和顽强意志的艺术象征和赞歌？因为矿工开挖地层，渔民永远在大海的风浪中。

我沿着石级和斜坡，登上妈祖庙旁的山岩。山巅上，倒是平坦的；其前为悬崖，下临大海和礁岩，是全岛最突出于海洋的所在。山巅上，是有许多古老的树枝的松树。我看着它们。它们哲人似的盘根错节于岩隙间。在它们的生活经历中，又会有什么个人思索和启示人们的话要告诉我呢？松树下的草地上，晒着渔网。

山巅上，竖立着一根比松树还高的旗杆，不，是风球的高大的木柱。这时，夕照像黄金似的照耀着山岗、悬崖前面的大海、礁石、风帆、浪花。海风凉飕飕的。风球没有升上来。但是，我想，它一直谛听着。它警惕着。当它升上来时，就预示着海上有风暴到来。岛上山巅的风球呵。

（我听说过，省里气象有关部门派了一位技术工作人员驻在岛上。）

我在这山巅上停留了许久。一会儿，一位壮年渔民披着满身金黄的夕照，来到山巅上。他对着山岩下面鳞次栉比的渔村，吹起螺角。螺角声飞扬、清亮。

"你吹螺角做什么呢？"我问。

吹螺角的渔民告诉我："我们队的干部要在这里开会。"

他还告诉我，别的小队也有以打锣为记的：开会或出海生产。不久，有一些渔民陆续来了。

这天晚上，我见到大队队长和大队的支部书记。他们告诉我许多岛上的情况。

他们告诉我，岛上渔民大部分都是远航到闽东北霞浦的海上讨海；一年中间，有十个月左右的时间系在外海。在外海捕鱼期间，他们都住在一些从来没人住的岛上，他们搭着临时的草寮住下，加工虾米。这个时节——7月里，正是渔民们从外海回到岛上的时候。回来修补渔网、渔船，也在附近海面讨些小海。

壁上，挂着许多奖旗。无意间，我看到中间还挂着一幅不知是谁画的水彩画：许多渔船冒着雾和巨浪，在浩瀚的海上，抢救一艘触礁的商船。笔法不太成熟，但画得很有生气、动人。

我问："这是谁画的？"

支部书记说："我们岛上一位渔民画的。这位渔民念过小学，爱涂涂抹抹。"

我问："画得很好呢。这当中说不定有什么故事？"

大队长告诉我，前年春间，他们正在海面一个无名小岛上就地加工鱼货。这天早上，海上大雾。他们忽然听到海上传来呼救的汽笛讯号。他们立刻组织渔船，一共四十多只，一百多渔民，向讯号传来的方向驶去。原来就在不远的海面上，有一艘货船遇雾触礁，搁浅在那里。他们立刻帮助船上把大部分的货物卸下，抬到礁岩上去，以减轻那货船的载重量。整整花了一个上午。他们又帮助抢修货船。一天以后，那艘货船抢修好了，这才开走。

大队长说："这位渔民画的，就是那次抢救货船的事。他本人参加那次抢救的！"

我们还谈了一些别的情况。我问他们："岛上怎的有这么许多楼房、新房子？"

他们二人同声说："这都是 1949 年后盖的、修理的。这两三年盖得最多。"

他们告诉我，这岛上的渔民，在旧社会里可苦。不谈远的。在抗日战争期间，日本侵略军占领过这个小小的海岛，伪军也在这里盘踞过；解放战争期间，匪帮王调勋的抽大烟的胡子兵在这里为非作歹。日寇登陆岛上时，年轻妇女脸上涂着灶灰，逃出海岛，跑到内地避难，那些伪军啦，国民党王调勋的鸦片兵啦，连地里没成熟的番薯都偷挖去，门窗都给拆下当柴火烧。匪帮王调勋在 1949 年从这岛上溜走时，更是把岛上洗劫得简直是寸草不留。

我们谈话间，我忽然听见村庄里有锣声传来了，锣声里，有妇女的声音，清脆地传来："睡觉前，灶火要检查一下……"

支部书记笑着对我说："这是我们岛上的女民兵出来巡逻了。"

我听着，那锣声渐渐地远了，远了。不知怎的，我想到岛上山巅的风球，想到人们的心上，仿佛也悬着永远警惕的风球……

我们谈到夜里很迟。他们走后，海岛上四近已经很静很静。夜幕沉沉地垂下。我从窗口望出去，海岛的上空，星星灿烂，银河清朗。而海面在淡淡的星光照耀下，仿佛更加辽阔了。潮平了，浪也静。隐隐约约里，望见隔着小小海峡，琅岐岛上的灯光和山影。我想着，我曾经在那里过了多少难忘的时日，现在，我又在闽江口的这个海岛上，开始了我的第一个白天和夜晚……

我把这一天日夜里，在这里所见到的，所听到的，把这个美丽的小岛引发我的最初的情思，把我对于这里风物的最初的感受，记下来，以示我的敬意。

是日，为 1962 年 7 月 29 日，日曜日。

（首发于《热风》1962 年第 6 期）

闽江口三题

川石岛上港口哨所

崖顶矶头，别墅高楼，住的尽是外邦异客。一山晴翠，满海波影，他人占领。

一唱雄鸡天下白。百年魔怪，谈笑间，灰灭烟飞。昔日鸥枭巢窠，今日港口哨所。外轮入港，听我挥旗指点，看我威仪严肃。

川石岛登览

翠峰若屏，怒涛卷雪，岛国形胜。正海天千里秋晴，一时登临。

望马祖，烟水空蒙处，忽见荒城断壁，阴霾低布，貔貅窃据。细看涛生云灭，风雷怒！岂为登临豁双目，枕戈待命，我欲随师东去，气吞残虏！——到那时，万方欢呼，红旗飞扬处，招来一天鸥舞。

烽火台遗迹

断崖百仞，碧波沉沉千里，帆影历历无际。从长门至五虎门，山巅岩顶，云中雾里，一座座石垒土墩，曾经燃起多少次烽火狼烟，号召人民抵抗外寇侵犯。

郁苍苍，绿树碧草间，旧迹犹存。夜深月过林梢来，听涛声拍岸，看一道道探照灯巡视长天，海上航过我们的海军舰艇，壮怀激烈，兴会更无前。

（首发于《文汇报》1962 年 10 月 31 日）

骤雨

　　一阵骤雨，好像透明的珍珠，在杉木林的林梢，欢乐地跳跃，在溪流的青色的水面，溅起一朵朵的泡沫。然后，骤雨随着夏季的午后的雨云，一起消失了。

　　明亮的阳光和阵雨后的清凉，弥漫在森林的上空。而林中还有水点，滴落下来。坡上的鲜草，好像刚刚沐浴过似的，心情舒畅。这时候，建筑在坡上的红砖的楼房，林业科学研究所的玻璃窗打开了，满头雪白的森林学老教授，从堆满着各种树材标本的桌前站起来，他向窗外看着——这夏季的雨后的森林，多么富丽，多么美妙，又多么亲切呵。他微笑着。

　　这时候，一个姑娘——她正当十八岁的花一般的年龄，淋着一身雨，连蹦带跳地正从雨后的林径间跑回来了。她是老教授的女儿。她在这儿，也是他的助手。她从附近的杉树速生林的试验林里，回来了。她远远地便喊着："爸爸，爸爸……"

　　老教授微笑着。他仿佛望见自己的女儿，正像森林的树木，在雨和阳光里，迅速地生长起来。她好像是幸福的化身。他微笑着，向她招手……

　　呵，这夏季的雨后的森林，多么灿烂，多么美妙呵！

1962 年

（收入《叶笛集》修订本）

春节

照耀大地的第一线春光。吹拂人间的第一阵春风。爆竹一声除旧，桃符万户更新。火树银花，金吾不禁。花和灯。欢乐和希望。春节是我国人民对于春天唱出的一支最热情的赞歌，民间最美好的习俗和佳节。

越过漫长的时间的长河，大自然的律法，星移斗换，岁序更替，每年有一个春天。我没有能够深切地来考察这个传统的春天佳节，千百年以来，千百万人民对于它的最美好的祝愿。但是，我想，不管怎样，人们庆赏春节，总是对于象征着生机、人间幸福和繁荣的一种肯定，和世代持续下来对于这个理想的嘱咐和追求；人们那样热情地歌唱"三阳开泰"，热切地向往"春满乾坤福满门"；春节是我国人民对于这个崇高理想的执着的一种祈愿。

从自然律法来说，永驻的春天是不可能的，但总还有春天。而在漫长的旧社会里，象征着不幸和灾难、眼泪和死亡的冬天，却随处都是。"一家欢乐万家愁""朱门酒肉臭，路有冻死骨"，总是那个历史时期里社会现实生活现象和阶级矛盾的真切写实和概括。凡经历过旧社会的人，对于鲁迅先生在《祝福》里所描绘的社会相和岁暮年景，都会有所体验。但是，人们世代持续着那对于春天的永远的向往，对于春满人间的渴望。

所谓"爆竹一声除旧，桃符万户更新"，除旧而布新，这中间表达了人民的崇高的思想愿望，也包含某种哲理。爆竹，大家知道，最初原来是用以避山猴、驱除害兽之类的；桃符，大家知道，最初原来用以压邪的。不管这些最初出于谁的倡导，这种习俗——它终于成为习俗，而流传数百年、千余年，自非无因。我想，这便是，要实现"春满乾坤福满门"的愿望和理想，必得驱除与人为害的东西。当然，古代的人民还不可能意识到拔除旧社会的根基的问题。

而人民的愿望和理想，到底是要实现的。历史发展到了我们这个时代，到了伟大的光辉的毛泽东时代，我们党领导的革命斗争推翻了几千年的旧制度旧根基。"三阳开泰"，万众欢腾。"一家欢乐万家愁"和像鲁迅先生在《祝福》里所描绘的那种岁暮年景，一去不复返了。星移斗换，时序的春天一年只有一度；而人间的春天，日新又新，永远走向灿烂。"向阳门第春常在"。不管我们在前进的道路上，遇到多少困难甚至挫折，我国人民在党的正确坚强领导下，却是排除一切困难，和一切阻碍前进的事物和敌人做斗争，埋头苦干，自力更生，建设社会主义，从胜利走向胜利。我们已经在真正的"春满乾坤福满门"的美好日子里，真正地做到金吾不禁，乡村和城市，东风吹满花千树，庆赏第十四个春天的佳节了。在今天，"春满乾坤福满门"更意味着我国人民正在更高地举起三面红旗，把我们的土地建设得如锦似花，使向阳门第的社会主义祖国的国基永固，使我们的社会主义事业日益繁荣昌盛。

在这些日子里，我不能不想到世界范围内为了赢得自己的春天而坚持革命、坚持不屈斗争的人民。趁东风压倒西风的大好形势，借一年伊始里照耀大地的无限春光，我们祝贺全世界革命人民取得伟大的胜利。我们不能在真理面前撒谎。帝国主义和一切反动派是纸老虎，这个论断是从革命的胜利斗争中得出的真理。昂扬革命斗志，坚持革命斗争，春天从革命斗争中来，春天属于革命的人们。

"春满乾坤福满门"应该在全球范围实现。在全世界革命人民的斗争里这个日子一定到来，即将到来。在我们的最美好的民间佳节表达我们最热烈的祝愿；恭贺全世界革命的兄弟和人民，恭贺革命的胜利，恭贺春禧。

（首发于《福建日报》1963 年 1 月 29 日）

五虎门默想

　　五虎门为屹立闽江口外海中的礁岩，形状酷似猛虎，形势险要；为出入船舶通路；为祖国南天海门。闽谚：五虎守门。

　　（不在深山野林间。

　　永辞了山岚封锁的岩洞，

　　林梢的宿雾，出岫的云。

　　（从盘古开天的玄黄时日，

　　女娲炼石的洪荒年代，

　　便衔命踏海而来吗？）

　　闽江口外，白浪滔天。

　　于是，无论晨昏，

　　无论午夜的时光，

　　千百年以来，永远屹立在南方的

　　波涛汹涌的大海之间，

　　于是，风风雨雨，无论南方的酷暑，

风云突变带来海上的冰雹，

无论朔风连宵怒号，

无论万钧雷霆，滚过胸膛，

永远屹立着，战斗着，

永远雄壮地屹立在岗位上。

坚守于斩钉截铁的誓词；

矢志忠于职责的凛然不可侵犯；

满腔赤诚，一副硬骨；

壮士的肝胆；

志士的心肠；

战士的韧性和坚毅；

英雄的胸怀；

一切壮志，一切雄姿，一切豪气；

一切风雷和战斗火焰。

继承了中华民族有史以来所有人民，

所有英雄豪杰的智慧、胆识和力量，

为人民所支持，

铸就一颗忠贞的心：永远屹立在南方的

波涛汹涌的大海之间，

守卫祖国南方的海门。

呵，有万千雪花，

万千珍珠，

从空中纷纷降落纷纷飘坠；

有万道霞彩，

万条虹影，

当空翩跹当空飞舞；

呵，有千军金鼓齐鸣，

仿佛古代的百里营寨，

正在狂欢庆祝千载一时的凯旋……

历史走向新的时期，

——我从冥想中走回来……

闽江口外，

万里碧空，

万里阳光。

呵，五虎门，你不是屹立在

我们的面前吗？

急浪飞溅，潮声如雷。

呵，五虎门。你威仪轩昂，

雄姿英发，

万顷波涛围绕着你。

你向人们宣示：

战斗的光荣，

在战斗中取得胜利的尊严。

呵，有万千花朵，万千珍珠，

千万道霞彩和虹彩，

从空中纷纷飘落，

飞舞着，降落在你身上，

有千万道战鼓，

仿佛雷阵，在你周围轰鸣……

呵，五虎门。你雄姿英发，

斗志昂扬。

你向人们宣示：

战斗的光荣，

在胜利中也绝不忘记战斗。

五虎门，你屹立在

自古以来的波涛的中心，

守卫着祖国南方的国门。

闽江口外，

万里阳光，

红旗飘扬。

是的，历史重新开始了。

伟大的思想在我们胸中孕育。

史无前例的任务挑在我们肩上。

像人民心目中的真正英雄，

永远是一个伟大的榜样。

谁也不能阻挡，

你和我们一起站在前列，

你和我们一起坚持战斗，

一起战斗到底，

直到我们的更加灿烂的未来，

直到胜利像日月照耀着全球。

（首发于《热风》1963年第2期，以散文诗形式收入《你是普通的花》）

黄岐写意

　　黄岐半岛地形狭长，多山。很早以前就听说过，黄岐的山，石多树少风大。石多，这是真的。许多山巅，巨石嶙峋。但我所见到的许多山峦都已种上了树。这里是战斗的土地。这里的人民除了与隔海相望的美蒋匪帮战斗，还要与浪斗，与风斗。风大，是真的；特别是每年台风季节，以及天寒地冻的隆冬时节，在这突出的半岛上，山巅和高地，简直是整日风声呜呜，山鸣海啸。树吹断了，再种。树被炮火焚毁，再种。这里的每一棵树都深知前沿人民和士兵的顽强意志。

　　一切都是坚强的。看那炊烟袅袅，从半岛的岗峦起伏的山村里升起，看那黄土高地上开花的小麦，看那道路旁突然出现的池沼，看那吹着紫红喇叭花的山崖边的绿色甘薯园，都令人感到挺立在前沿的荣耀和庄严。半岛上公路如网，或通渔村，或通阵地，或沿悬崖陡壁盘绕直上山头，或通偏僻海岸上的观察哨所。这里路旁竖立的每一根电杆木，每一棵榕树，每一道桥，都令人感到它们对于祖国和人民所建立的功勋。

　　在观察哨所里，从巨大的瞭望镜里远眺，大海浩瀚无垠，万顷波涛若靛，浪花如雪。但有时忽而大雾弥漫，海天混沌迷蒙。在这巨石峥嵘的高山之巅，咫尺不见人影，浓雾甚至在观察哨内飘浮游动。但是我们士兵的耳目多么锐利灵敏。他们能够从声音测出雾中舰艇的行踪，判明空中的机型和架数，辨别敌占岛屿火炮的位置和类型。他们能够听见两万米以外海上敌艇的马达声。他们对于观察点的每一块石头都是熟悉的。

有时则风雨大作，巨浪在哨所的悬崖下猛扑，声若怪兽长嗥。这种时刻更要提防敌人活动。去年端午节，夜里忽而乌云满天，海暗，山昏，大雨夹着闪电，带着呼啸声，从海上乱箭般地扫来，山巅乱石间发出乱鼓般的鸣声。在这种情况下，我们的士兵也能发现并正确判断海上敌情，及时把方位、距离报告指挥部。那夜，有我方商船一艘经过海上。我们的士兵从海上风雨呼啸声中辨别、判明：有两艘"江"字号敌舰窥视我们的商船。我们的陆上部队早已准备好，当敌舰炮打我商船时，阵地上立即发炮还击。瞬间，战斗的火焰和硝烟立即威慑了敌人，两艘海盗舰猝不及防，仓皇掉头逃遁，而我们的商船却没有一点损失。

这海岸上荒漠的、陡峭的高山之巅，人迹罕至，中华人民共和国成立前偶或有逃避壮丁的渔民躲在山洞里。现在不论风里雨里、白天黑夜，有我们年轻的战士在守望着、在监视着敌人。他们有的是江西人，有的是湖南、安徽人，也有的是福建本省人。他们都是贫农的儿子、共青团员，中华人民共和国成立后才上学，服役年龄一到，争先走进军营；他们勤学苦练，在战斗中很快地成长，现在都成了五好战士。看他们笑得多么淳朴、善良！我永远不能忘记前沿士兵的笑容。这原来不长一草的山头崖边、巨石间，有他们手植的木麻黄树，迎着海风、听着海涛，天天向上地生长。在避风的地方，有他们开辟的菜圃、搭的瓜棚，有他们用圆石垒起的羊栏。三只白色小山羊，它们会亲昵地在战士身边跳跃，见客人会咩咩叫，风大了，天晚了，会自己进入羊圈。看那菜圃里长出的红辣椒，是从湖南寄来的种子；看那南瓜长得滚圆，是从井冈山捎来的种子；他们还种本地的花生、西红柿。看了自己种的树，看了这些在战斗和学习的间隙开辟的园地里，瓜菜开花结实，战士们心里特别生爱。而在他们哨所门口种植的两棵苍翠小松，是战士探亲回乡时，从安徽携来的黄山松。呵，愿这海防战士亲手移植栽种的祖国秀丽山川上的名松，在这里发荣，千古长青。

从巨大的瞭望镜里看出去，马祖列岛的高嶝、北竿、南竿，一一近在目前。从实际的里程说来，这里的突出部，离高嶝九千米，离北竿一万九千米，离南竿亦不过两万米。两万米，我们的侦察员和渔民可一气游泳过去；两万米，我们观察哨所的士兵，在日丽风和的时刻，肉眼可望见敌人那里的公路、汽车、战壕。台湾、澎湖、金门、马祖，自古是我国领土！谁能霸占我们的神圣土地！谁能阻挠我们解放自己的同胞于水深火热中！从这里的瞭望镜里，我看到南竿、北竿、高嶝土地荒芜！我也永远不能忘记在厦门的海上，我从军舰的瞭望镜里，看到大小金门破烂的村庄里，我们的同胞骨瘦如柴！

在这里，在黄岐半岛的日子里，我看到前沿的人民和士兵，历年缴获来的一部分自动电报机、照相机、定时信号弹、爆炸管、无声手枪，上面都刻明美国制造字号。我看到同样写明U.S.A.字号的绿色橡皮艇和桨、"两栖侦察队"的潜水衣，这些战利品都清楚地告诉人们：野兽绝不会改变本性，强盗绝不会发善心。在观察哨所里，我们的年轻战士告诉我："在这里，我们不仅守望祖国的门户和海洋，守卫祖国的社会主义；我们不仅站在解放台、澎、金、马的前哨，也站在保卫亚洲和世界和平的前哨。我们和全国人民、全世界人民一起，手中拉住套在美帝脖子上的绞索！"在炮兵阵地里、在民兵司令部，我都听见同样的声音。这发自前沿士兵胸膛间的声音，正代表了全军和全国人民的心愿和斗志。

顺风的日子，顺潮的时刻，每逢佳节和逢单的日子，我们的气球、风筝、竹筏，借着风的翅膀、潮的行踪，把祖国人民的各项礼物，祖国人民的心意和殷切慰问，传送给处在水深火热中的同胞。在那逢单的日子里，清晨和晚上，从我们的阵地里，大炮轰鸣，硝烟滚滚，炮弹"嘘"地划过海天，飞在高嶝、北竿、南竿的上空爆破，远望好像一颗颗美丽的金星在闪耀！于是，千万朵雪片翩翩跹跹，纷纷从那金星的闪耀间飘飞，随风撒在村庄里、田野间、道路旁，也撒在敌阵地上、匪司令部的屋顶、美国军事顾问的防空洞口。

从天飞降的千万朵雪片中，有彩色照片、彩色图画、诗和信。从天飞降的千万朵雪片，把祖国社会主义建设、祖国人民昂首阔步前进的信息，把祖国各族人民当家做主的豪迈气概和幸福生活，把鞍山钢厂的汽笛声，把内蒙古草原上的羊群的咩咩声，把长江大桥上夜晚如银河降落般的璀璨、塔里木油田不夜城的光明，把新疆葡萄园和海南岛椰林的芬芳，新安江电站带电的流水声，在田野上奔驰的公社拖拉机的英姿，告诉我们处在水深火热中的同胞，这对于他们是怎样的激励、安慰和鼓舞呵！而对于蒋介石卖国集团，对于从芝加哥来的屠夫，西点的花花公子，会使他们感到比原子弹还可怕。

在这里，在黄岐半岛的日子里，我还看到另外的一些电台、照相机、报话机、无声手枪，上面也写明美国制造字号。我还看到美蒋匪帮所绘的马祖列岛地图、救生圈等。这些都是投诚来归的原美蒋匪军的下级军官和士兵携带回来的。做得对，应该弃暗投明！你们是被迫站在那罪恶的战壕里的，应该及早悔悟过来！毅然跳出火坑！迷途知返、愿意归来的人，祖国大门为你们敞开。归来和家人团聚，归来自有生活和工作的出路，立功者还可受奖，归来才能得到真正的自由和光明的前途。

想到在黄岐半岛的那些时日，我怎样能够忘记我们的渔村，北茭和黄岐镇？北茭居半岛的最前端，湛蓝的、碧绿的海水，金色的沙滩，三面环绕它的山、悬崖和村庄。渔村里有古老的庙宇，有新盖的渔民俱乐部和食堂。渔村里的路，多为石板路，有很多石级，或通海滩，或通山巅。渔村里的楼屋，靠海滨的，一座一座建立在木桩上，依山崖的，一座一座凭山势重重叠叠矗立着。远望这个傍山环海的渔村，所有的栏杆、门和窗，一一朝向大海。村前海湾里无数的桅杆，好像无数冬天的树，上挂三角形红色风向旗，好像不熄的火焰，在风中耀动。而山巅则巨石累累，细长的小松树迎风作舞。北茭朴素、美丽；而渔镇黄岐却多么繁荣。黄岐镇位于半岛中部，这里有医院、学校，有发电厂、造船厂，有很多很多用花岗石盖成的新屋，这是渔民的新居。在黄岐镇，在它的岗峦环峙的海湾里，众多的渔网、船缆、桅杆，众多的舢板，远洋的机帆船，国家收购站的大型运输船，四方汇聚来的货船，密集而繁复。不论晨昏晴雨，我感觉北茭都像一幅质朴疏放的水彩画，黄岐镇和它的海湾、沃口，在日午，曙光初露或者红霞万丈的日夕，都像笔触强烈富丽的油画。

那在树下或在沙滩上织网的渔女，那小学的钟声，那送牛奶到医院去的手推车，会使人感到这前沿的渔村和渔镇，和平生活的气氛多强烈，多浓。在离北茭不太远的洋面上，便是渔场。入夜，捕鱼船上的灯火，映在波上浪上，远望那里仿佛万家灯火，仿佛有一座数万居民的不夜城出现在海上。那里，春夏有巨大的黄花鱼群，冬季有巨大的带鱼群。在黄岐镇的江口，直到北茭沿岸的近海，呵，一只只江南水上的小船在荡漾，那船上坐着妇女和姑娘，假日里还有系红领巾的儿童：他们在管理海带。海带是北方的海洋植物。从胶州湾和青岛海上采来的幼苗，在这南方的海水里成长。然后，这青紫色飘带一般的海洋植物，将喷发着大海的气息，越过祖国关山万里，或者出现在青藏高原牧民的帐篷里，或者在滇边国境线的密林里，在那欢乐的节日，成为边防军野餐时铺在草地餐巾上的佳肴。

组织起来，集体生产集体经营的道路，已成为渔民永远摆脱贫困落后走向共同富裕的坚定不移的道路。特别是公社化以后，黄岐半岛的捕鱼生产已经基本机械化了。在这里，一个劳动力的全年收入，多者数千元，少者千余元。那身受重重压迫剥削、含辱忍恨的日子，逃荒他乡、流离失所、贫病交加、骨肉离散的生活，眼泪和不幸，永远在过去的岁月里消逝了。但是，不能忘记过往的灾难，子子孙孙，决不能忘记过去！在这里，我们的人民一手撒网，一手持枪，一边生产建设，一边和士兵并肩战斗。风风雨雨，炎夏寒冬，日间夜里，从海里到迤逦曲折的海岸上，浪涛里，礁石旁，村前路口，山巅崖边，和士兵一起站岗、放哨、巡逻、埋伏，和士兵一起运炮弹、筑工事；从放带着宣传品的风筝到渡海侦察，从反骚扰到参加炮战，和士兵一起站在对敌斗争的最前列。

在这里，哪里会有一天没有炮声呢？这里的每一个人都清楚认识到：敌人越近死亡，越要作垂死挣扎。被推翻的阶级敌人的残余，不甘死亡。在这块战斗的土地上，人民和士兵共同作战，共同为祖国建立功勋。黄岐半岛，你是祖国和人民的骄傲和光荣。这里的山、悬崖和浪中的礁石，都是保卫祖国、保卫亚洲和世界和平的坚强堡垒，革命胜利的红旗永远在你的上空迎风飘扬！

（首发于《萌芽》1964 年第 8 期）

枇杷林里

　　蓝色的、玻璃般透明的泗华溪，两岸平畴丘陵，数十里连绵不尽，净是亚热带品类繁多的果树林。这里是莆田一个著名果区。我于 4 月间来到这儿的果树林里。杧果树、龙眼树结蕊了。荔枝开花了。柑树、柚树、橘子树开花了。柿子、梅子、杨梅和六月梨结实了。橄榄和阳桃、油柑、番石榴，它们在召唤阳光雨露，在吸吮土地乳汁，随后也要结蕊开花了。而枇杷树，在晚秋里结蕊；在冬天里开雪白的花，散发清甜的花汁的蜜味和花粉的芬芳，给予群蜂以冬季粮食；随着春来，它们结实；4 月 5 月，暮春初夏之交，枇杷成熟于百果之首。是的，现在 4 月末了，随着 5 月也要来了。

　　我来到泗华公社的枇杷林。一树一树金黄的枇杷，沉甸甸的，使低处枝叶垂到地面，给果园里的生产新高潮带来喜讯。这时，各方面的人们来到这枇杷林里。福州、厦门和本县涵江罐头厂的干部，省、县供销部门和外贸部门的干部，北京果品公司的同志都来了。北京的同志来得最早，他们要赶在五一节头里，把枇杷运回北京，招待来自世界各大洲的各国革命人民的代表。

　　晨雾消失，曙光初露。泗华溪笼罩着淡淡的蓝烟。泗华公社枇杷林里，果香掺和着果花果叶的芬芳随风荡漾。远处，有时传来悠扬的麦笛声、叶笛声，有时传来一阵俚歌和伴随俚歌的竹筒鼓声，那么清逸，那么富有乡土气息，那么高亢。有时传来锣声，有时传来几声枪响，有时传来一阵梆子声，有时传来鼓声。这锣声、梆声、枪声、鼓声，是用以驱散前来啄食枇杷的白头翁、绣眼鸟的。在果林里打锣捶鼓击梆，也是果区人民群众表达丰收欢乐的一种传统活动，传达出他们胸中意气风发的革命志气。

枇杷林里，一架一架竹梯，搭在一棵棵树的枝干间，社员们趴在竹梯上，精选出其中一颗颗最好的枇杷，然后细心摘下果梗，轻轻放进吊篮里。他们捺不住心中的喜悦，禁不住要把心中的歌，唱出来：

四月里来南风清，
满林绿云满树星；
人民公社力量强，
丰收捷报传北京！
梆，笃，
梆梆，笃笃梆！

一阵俚歌始落，一人领头，一架一架竹梯上的社员们又应和起来：

革命吼声响云霄，

反美怒火遍地烧，

中国越南亲弟兄，

援越抗美斗志高……

梆，笃，

梆梆，笃笃梆！

这是昨晚民校里，讨论国际时事后刚刚教唱的一支歌曲。歌声落处，砰！一声枪响，一只白头翁从林梢跌在林地上。

"灵！郑叔公，你的枪灵！我们才唱完歌，你老人家就消灭了一个美国鬼！"一个后丁辈趴在竹梯上，一手拉住一丛枇杷枝，笑嘻嘻地说。他把打下那只白头翁，比作消灭一个美国侵略军，立时引起一阵爽朗的笑声。

"嘿嘿，阿毛仔，比得在理。你算个福建前线民兵！"郑叔公将着胡子，嘿嘿地笑，把那支乌亮的老鸟铳，放回身旁的树干边。他今天早晨已打下三只白头翁了。

郑叔公是一个老果贫农。今年六十整。留两撇花白人字须，两道长眉也花白了。目光有神，背板挺直，身穿一件绿色旧军服。他坐在树下一只小木凳上，左左右右，一吊篮一吊篮，一竹箩一竹箩，净是从树上精挑细选过的枇杷。可还要经他亲自过手，再做一道挑选工序。只要有一点水裂、麻痕、虫眼的枇杷，他都要拣出来。那些果皮透出沉沉蜜色，沾着润润果粉的，也同样要拣出来，因为这太熟了。他挑选的纯是八分成熟的枇杷，这才是金黄透亮、流光溢彩的佳品，这才配运到北京去啊！

郑叔公从十一二岁，就学种果树。枇杷、龙眼、橄榄、柿子的农活，他都学过。随后，从培土、施肥、整枝、疏花、捻子、采收，果艺上诸般活计，他都精通。可旧社会几十年生涯，充满多少血泪多少辛酸往事！中华人民共和国成立后，这泗华溪畔的果树生产一步步发展，郑叔公真是通身是劲，通身本领都使出来了。郑叔公当了生产队长，还被农业科学院聘为特约研究员。当这里的枇杷被制成出口罐头，他的劲头就越来越大，热情更高了。这些年来，他用嫁接办法培养许多良种；把经营龙眼的疏花捻子的办法试用在枇杷树上得到成功；他用薄膜压枝，缩短了树苗的成长期……

这位老贫农正在回想往事，刚才那个叫作阿毛仔的后丁辈，从树梢爬下竹梯，拎一吊篮枇杷交给他，大声说："叔公，看这吊篮，包你颗颗上北京！"

郑叔公仰起脸来，扫他一眼，说："慢夸嘴，待我再来挑！"

阿毛仔站在郑叔公跟前，拍拍胸膛，认真地说："叔公，你且严格挑！"

只见郑叔公把这吊篮鲜枇杷，轻轻放在面前，重新一颗颗细细端详细细挑，他选上一颗点一下头，从心坎里浮起赞许和欣慰的笑意。

"行，阿毛仔，你这吊篮算个满堂红，上得北京！"郑叔公说着看了阿毛仔一眼，又加重语气说，"我辈种果树是干革命，采枇杷，心头也得有革命志气！"

郑叔公从来不轻易赞许后丁辈。阿毛仔这一早得到他表扬，心头不觉一乐。但他立时开口说："叔公，我就想，这回是代表我辈公社，款待各国来的代表的……"

另一个趴在竹梯上的后丁辈听了，说道："不止！你别忘了，这可是表的我辈福建前线大家的心意！"

郑叔公笑着点头说："是呵。物轻情意重！我辈公社的水果，送到北京，表的是福建前线大家的心意。可这回送到北京，在北京款待通天下（全世界）来的朋友，表的是通国大家的情谊呵！"

他们正说着，忽然传来一阵短促的喇叭声，原来是罐头厂的汽车来了。罐头厂为使枇杷及时运到福州，接上今晚的火车运到北京，特地派了货车来。北京果品公司的老张同志一起来了。

老张同志1960年就曾来到泗华溪畔的枇杷林里。他深深懂得果区社员深挚炽热的情意。他一见到郑叔公，就紧紧握住老人的手，又朝着林梢竹梯上的社员们，大声说道："大家辛苦啦！"

在林梢的社员们，都掉过头来，抢着说："这是我辈应分的事！我辈要生产加倍好加倍多的枇杷，水果。老张同志，明年这个时季，早点来！"

郑叔公接着说："我辈刚才就说啦，物轻意重！多亏毛主席领导好，好多外国朋友上国门！他辈是来看我辈怎么革命的！他辈热爱我辈新中国，千山万水上国门，这情谊重！几颗枇杷物轻，可表的也是我辈们革命情谊！"

老张同志听了，禁不住说："就是啦。今年五一节有七十几国代表团来，亚洲、非洲、拉丁美洲好多国家，都派代表来。外国朋友来得一年比一年多，我们的朋友遍天下！"

这时，那个叫阿毛仔的后丁辈，又拎一吊篮枇杷走过来，听了不禁插口说："说得是。天下革命人民，都跟我辈走一条路，嗬，联合起来反对美帝！"

这当口，"噼啪"一声响，一只白头翁又从林梢掉下。几个红领巾携着打鸟的弹弓，连蹦带跳，嘻嘻哈哈，跑进林里来。学校里组织孩子们打白头翁，丰收的枇杷，一颗也不能让害鸟啄食。

是害鸟，用鸟枪、用弹弓收拾掉。是害人虫，就要跟它拼，用枪、用一切力量把它消灭掉。

蓝色的泗华溪哗哗地流响。两岸平畴丘陵连绵不尽，郁郁苍苍，净是亚热带的果树林。果林里，社员们的心多么喜悦，又多么激动。他们捺不住心中的喜悦、激动、振奋，禁不住要把心中的歌唱出来：

> 五月里来好光景，
>
> 颗颗枇杷表衷情；
>
> 扫除一切害人虫，
>
> 革命人民心连心！
>
> 梆，笃，
>
> 梆梆，笃笃——
>
> 梆！梆！笃！梆！

（首发于《萌芽》1965年第11期）

渡口·松

从古驿道冒雪回到村子里时，支部书记和我约定，不管明天是否继续下雪，他总要带我进西源垄，瞻仰红军当年走过的道路和留下的遗迹。今天晨起，雪霁。早饭后，支部书记就来了。这时，天色更加明朗。但见四面远山，积雪皑皑，出岫白云，与雪一色；天光，雪光，云影互相辉映，景象庄严。支部书记带我过了村前石桥，便开始从西涧与东涧合流处的左岸，登上进西源垄的松坊冈。这冈峦，石级修整，松林成荫，几乎没有什么杂树。行约一刻钟，便觉路上积雪越厚，两旁松林更见深幽。我们踏雪而上，走了又约半小时，到了冈顶。此时，一阵天风吹起来，冈上松声呼呼，恍如春潮骤至。冈前有一巨松，从一块巨岩的裂隙间长出来，盘根虬干，像一条蟠龙。风过处，松上雪花冻成的冰花，铮铮作响，像许多玻璃花纷纷飘落下来，又像许多发亮的白蝶飞舞林中。这情景给我印象很深。从此处下冈，我们便开始循着用石板铺成的涧边小道行走。

这条西涧倒开阔。虽然已属冬令，水流仍然湍急，使我想到，这涧水必定源流深远。涧中乱石丛列，如削，如攒，为坻，为嵁，颇见壮观。这涧中乱石以及涧滩上随处散落的鹅卵石，都铺着未融的雪，明晃晃，又显得别有一番气象。这样沿涧前行，忘记走了多久，忽见前方涧面更加开阔，岸上有数棵枫树摩天挺立。涧边停着一条木船，船缆系在树干上。我想，那里是一个渡口吗？这时，支部书记跨步走到树前，边解缆边指点着告诉我，这个渡口，这里群众叫它红军渡口。当年红军的一支先头队伍，曾在这渡口停驻近一小时，有许多原是从溃败的敌阵里缴获的马，也停在这树下吃草。这支先遣队，直到大队红军队伍用木筏、小木船全部过渡以后，才跟着大队队伍继续前进。支部书记告诉我，当大队红军队伍过渡时，先遣队还派一个班，在刚才我们经过的松坊冈前，在那棵状若老龙的松树下放哨。我不觉回首眺望那座冈峦，但见那里一片青苍翁郁间，照耀着闪闪积雪的反光。这时，有一种说不出的情意从我心中流过。

这深山僻野中间的渡口，这高高的枫树，这不知从什么荒远的年代便开始在我们的土地上奔流的涧水，这里的山，都经历过难忘的一个历史时刻，都看见过一支伟大的工农革命武装队伍从这里的道路上走过。1931 年 2、3 月间，蒋介石不甘心于第一次"围剿"的失败，纠集"进剿"军二十万，并大筑碉堡，部署一条从江西吉安伸延到福建建宁等地，长达七百里的弧形阵线，采取所谓"步步为营"的反革命方针，企图第二次大规模进犯中央苏区。伟大领袖和导师毛主席运筹帷幄，洞悉其奸，在党内又奋力排除机会主义路线的干扰和破坏，采取"积极防御"和"集中兵力""拣弱的打"的正确战略方针，亲自指挥红军，首先突破敌人西线，随即向东横扫，一直打到闽赣两省交界地区。从 1931 年 5 月 16 日到 30 日，十五天走七百里，打五个仗，缴枪两万余，痛快淋漓地打破了"围剿"。"七百里驱十五日，赣水苍茫闽山碧，横扫千军如卷席"。正是在那艰苦卓绝而又取得伟大胜利的战争岁月，在反第二次大"围剿"的史诗般的历史时刻，红军曾经从这里的道路上走过。支部书记撑开木船，和我一起过渡时告诉我，那时刻正当午夜，一阵5月的骤雨下过不久，涧水陡涨。借着雨后微茫的星光，红军队伍在这渡口除用木筏、小船过渡外，为了争取时间去夺取胜利，许多红军战士抬着子弹箱，涉着急流而过，许多红军战士牵着驮载辎重的马，涉着急流而过。我听着，支部书记传达的革命历史情景，深深印在心中，且要长久印在心中了。此时，我们坐的渡船，不正从当年红军渡过的涧水上渡过吗？雪后新霁，注视着这涧水，我有一个感觉，感到照耀在这涧水中的天光、云影和四面的雪光，明晃晃的，也正在照耀我的目光和我的心。

登岸后，我们开始在山路中行走。这里已是在重岭丛山中，闽赣两省边界相通的地带了。当年，红军渡涧后，就趁夜抄着这条山路，绕道挺进到江西地界，与另一支红军一起围歼敌军的一个师。只见这山路两旁，石崖峭立，从崖壁的石罅中，到处长出老松，使我感到这山中松树真多。而那融雪冻成的冰柱，有的长达数尺，从树根间，从石崖的裂隙间垂挂下来。路上也随地结冰，很滑很难走。随着山势弯曲回转，路愈来愈陡愈险，两旁崖壁愈见危峻，松树愈见繁密。云气忽地又开始从重峰叠嶂间压下来，愈来愈浓。这样，我们几乎在云中行，不计路数，到了岭顶。这里原来是一座大山断裂的悬崖，崖顶倒宽平。有一巨松挺立崖前，状若飞龙腾空，大可合围的树干上，煊然刀刻四个大字："红军万岁！"原来红军抄着这里山路挺进到江西地界时，这崖上这棵老松下，也设了一个红军岗哨，配有两挺机枪。红军战士在警惕可能发生的敌情，确保大队红军队伍安全前进时，用枪刀在这松树上，刻出这四个大字。

伟大领袖和导师毛主席和其他老一辈无产阶级革命家一起缔造人民军队，领导我们党走武装斗争夺取政权的道路。"红军万岁！"这个红军史上的著名口号，当年革命根据地到处可见的标语，正表达了劳苦人民和红军战士对开展工农武装斗争这个伟大革命真理的信仰。此时，站在这悬崖上，仰望高空日色朗朗，悬崖下面，四顾白云弥漫一色，远近山岭，壑谷，林木，山路，尽淹没在无边浩瀚的云海里。却见西边远处，有一山特立于云海之上，峰端皑皑雪影，日光映照，像一座明亮的岛屿浮现海面。支部书记告诉我说，那里已属江西地界。是的，这千百里闽赣边界云天山川相连地带，正是当年中央红军纵横驰骋地带。闽赣边界相连的这山山水水中间，有多少原来没有人走过的草径，有多少溪流、涧水和渡口，有多少小村和古来的驿路，留下过红军的足迹？这山山水水中间，有多少静静的密林和冈峦重叠间的山坳，有多少险要的桥头，曾经是红军发起人民战争，围歼敌兵的战地？呵，漫天皆白，那雪影皑皑的山峰下面，是当年红军在雪里行军的广昌路吗？那里是大柏地吗？那里是白云山吗？一阵响晚的骤雨初歇，山中的夕照和空中出现的虹彩，有多么美丽！那5月的夏云，像一层层奇峰从山峰后面耸立起来，有多么美丽！站立在这悬崖上，缅怀红军时代的峥嵘岁月，此时此际，不禁浮想联翩，深深觉得我党和毛主席指引的武装斗争的道路，是胜利的道路。

当我和支部书记走下崖顶，要从原路往村子里走时，不觉回首眺望崖前那棵老松。这时，阵风吹过，松上许多冰花，像琉璃花，又像发亮的蝴蝶飞舞下来。我眺望着，一种很深的情意，从我心中流过。我看看支部书记，感到他的脸上有一种严肃的表情，感到他的心中也很振奋。

1978 年

（首发于《人民文学》1978 年第 4 期，收入《唱吧，山溪》）

早发东坞溪

夜里几次醒来。静得很，仿佛听得见雪花轻扑窗棂声。有时又隐隐听见东坞溪上传来的滩声。随后又深深地睡了。这一觉醒来，天已微明。在村鸡啼声中，听见有人声和车声传来，急忙起身。从窗口望出去，雪已止，但有雾。我隐约看到雾中有一些人在石板路上扫雪，有一些人推着载纸的板车从石板路上向溪边赶去。这时，支部书记进来，要我准备好，搭这班运纸的溪船到镇上去。我和他草草用过饭，离开队办纸厂，到溪边时，只见一辆辆板车正向村里推回去。纸已装好，船正待发。

走下溪边石级，雾中看到撑船的是一位小伙子，身穿棕衣，头戴竹笠。仔细一看，他原来是昨天带我进东源垄的小程，不觉心中一阵欢喜。

我问："有雾，能行船？"

小程说："我们山区，早雾大，这天就是大晴。况且，这溪道，我们早摸熟！"

小程说着，把挂在船头一盏风灯吹熄了，放进船内。

这是纸厂自备的有竹篷的木船。船前放着好几把竹篙，船内除可载货外，靠船头处尚有座位。待我和支部书记上船坐定后，小程举起竹篙向溪岩上一点，船便离岸进入航道；村庄随即在雾中渐渐隐去。船行一段时间，我逐渐感到溪道曲折多变，水流迅急；又感到溪雾飞动变化不定，时而稀淡，时而浓重。我还是第一次于雪后雾晨坐船在丛山中的深溪上航行。但见小程冒着雾气，手中竹篙时前时后、左右逢源，稳稳地撑着这只木船在这溪石纵横的溪道间穿行前进。我心中正暗自赞叹间，感到木船忽然左右摇晃，溪声突然喧哗起来，那高高飞溅的浪花猛然敲打船篷，仿佛溪上急雨乍至。支部书记这时告诉我，船正准备过石柱滩，这是过东坞溪的第一滩。我随着他的指点，向船前纵目眺望。不多久，从浮动的雾气中，隐隐看到乱石纷错堆叠间，有两巨岩有如两擎天石柱从溪底拔起，对峙溪中，迎船逼来。容不得我仔细观察，只见小程手中已换上一支很粗的竹篙，往右侧大岩石一点，船身刚好从两石柱间随着激流闯过，船前一时冲起许多水柱，空中一时有无数水珠纷纷洒下来，气势森严。过此石柱滩，船行约四里，其间又过一些小滩，溪面渐宽，水势渐平，雾渐收，天色也很亮了。这时，忽见小程把身上的棕衣脱下来，手中又另换一支粗大的竹篙。支部书记接过棕衣，放进船内，告诉我，现在准备过伏溜滩。他说着，自己两步走到船头，捡起竹篙和小程一起撑起船来。起始，我看到溪面越发开朗，水波不兴，看不见有一块礁岩、一点滩影。随着，我感到船在溪面上的行驶，逐渐迟缓起来。我看看小程和支部书记，只觉两人神色严峻；只见两人手中竹篙忽前忽后，时高时低，艰难而吃力地撑船；只见船在这开阔的溪面上，却左折右转，慢慢地迂回地前行。我正疑惑不解间，不意发现溪水下面或深或浅都是峭石，船原来是从暗伏在水流下面的滩岩间航行。正在这时刻，船身忽又猛烈震动起来，只见前方溪面到处是旋涡和回流。船摇晃着从旋涡和回流间向前冲去。我坐在船内，瞬息间，顿觉整个船身向下一跌：在涛声轰鸣中，在水花纷飞间，整个船身随着激流悬空下坠，又顺势向前滑行数丈，然后方才平稳地向前行驶。这时，我看到小程和支部书记方才腾出手来往额前抹汗，我自己紧张的神情方才为之一舒。

过伏溜滩，又三四里，两岸山势逐渐危峻，溪面逐渐逼仄，"苍壁束江流"，船在山峡中随流行，倒觉十分平稳。这时，溪雾尽散，山雾尽消。抬眼望处，峡顶竟然一线蓝天如洗，不见一片云彩。金色的阳光从空中斜射下来，远近积雪的峰峦，仿佛无数明镜，互相映照，景象动人。过一会儿，支部书记又回到船内来。我不禁对他说，这一段溪道平稳，前面有些滩可真险。支部书记说，方才经过的伏溜滩，确险。他解释说，那段溪道水情，滩情复杂，不仅滩岩伏在水流下，那水流下的滩岩间还有深潭深渊；过滩时，溪陡，有一处高下相悬丈余，船几乎是从高悬如瀑的急流间驶过去。但再险，情况明，找到了路数，不就冲过去了吗？支部书记正说着，忽见前方有一奇峰突起，有如百仞石壁，横阻溪间，水避山势，向左回流，船则随着水势从崖根旁行驶。这时，我从船中举目仰视，只见崖壁的石隙间，随处长出青藤、灌莽、短松、劲竹，都披着白雪，景象也很动人。船在这崖壁下曲折前行，约二里，忽见崖顶俯临溪流有一条长长的栈道，那一根根插入石隙的横梁与支柱间，有许多冰柱垂挂下来，日影照射，好似闪光的流苏。这条栈道不知是什么年代修筑的，还很完整。支部书记说："那岩上架起的栈道，传说明朝戚继光率领的队伍，一共有两次经过那里。至于当年的红军，更不知有多少次经过那里，那栈道上也发生过战斗。"

船行中，支部书记告诉我一个白匪军的笑话。当年红军常埋伏在山崖的丛莽间，截击敌人。一次，一个敌连长从镇上带了一队兵丁下乡收税；那家伙没打过仗，用钱捐来连长一职过官瘾，过栈道时由护兵扶着，还是感觉目眩头晕，正在进退为难之际，红军猛地从栈道两端的埋伏点冲出，齐声喊杀，那家伙吓得跪在栈道上，束手就擒。支部书记又告诉我，这条溪流上，当年的红军以及游击队，也往来频繁。一年腊月，下了好几天雪，雪止后，天又发雾。红军出敌不意，冒雾放了溪船开到镇上，发动一次攻打敌区公所的战斗。那次战斗打得很成功，缴获了许多枪弹，开了谷仓，斗了恶霸，扩大了红军在政治上的影响。支部书记说，不知多少年代以来，这条溪流锻炼出多少好船工、好竹筏工。当年攻打镇上，东源垄便有好几位船工参加战斗。说到这里，支部书记向船前望了一下，对我说，前头快到守门滩了，这也是东坞溪的一个危滩。说着，又两步走到船头，举起竹篙和小程一起撑起船来。

这时，溪上水势又显得湍急起来。我从船内眺望，但见前方远处溪面高高低低浮现一朵朵巨大的白色蘑菇，那原来是覆盖白雪的一堆堆滩岩。船行渐近，在曲曲折折的航道上，绕过滩岩行驶，那滩岩形状从而不断变化，开先出现一鹤、一牛、一羊，鹤若在迎客飞舞，羊若在吃草，牛若在饮水。船绕过这堆滩岩前行，眼前又出现一鹰、二马：鹰若在搏羽准备疾飞，二马则联肩而立，若将并驱飞蹄奔赴前程。这鹤、牛和羊，这鹰和马，全体都披着皓白的雪，神态飞动，酷肖之至。我心中正赞叹不已，忽觉船身又摇晃不已，而且越来越摇晃得猛烈；但见船前波浪汹涌，水花飞溅；耳边只觉滩声乱鸣，如狮吼，如虎啸；声势烜赫危峻。容不得我仔细观察，恍惚间，看到小程在右，支部书记在左，手中竹篙同时猛力向两边滩岩一撑，瞬息间，船从两堆滩岩间冲破激流急驰而过，其险不差于过伏溜滩。船过此滩不久，我的神情刚刚镇定下来，只见支部书记在船头向我急招手，要我走到船头来。我走到船头，按照支部书记的指点，回首看刚才的滩岩，越看越像：那里有一巨虎和一巨狮伏在溪面。原来前方就是东坞溪的出口处了，这一虎二狮正守着东坞溪的门户，滩因此得名，我觉得这是恰当的。

船前行不久，到溪口。这时有一大溪自西来，东坞溪与之汇合，向南直向镇上奔去。自此一路溪面宽阔，西来大溪正好有许多木排、竹排列队顺流而下，溪面上也热闹了。自此船行六里，两岸悬崖峭壁渐渐少了，从船上望见的，渐渐都是灰蓝色的、山顶积雪的远山，近岸则是梯田，则是覆雪的小村，冒着炊烟的小村，围着篱笆的小村。离镇越来越近，渐渐看见溪面上停驻许多木排、竹排和许多木船；渐渐望见高高的溪岸，像城墙般用大溪石垒筑起来，渐渐看见岸上有一排覆雪的三层楼，又有好多苍郁的老樟树俯临溪流。当我们的木船停靠在岸边一棵大樟树下的石级旁时，很快，土产收购站的搬运工就上船来搬纸了。这时，小程留在船上照应，支部书记便带我走上石级来到镇上，他要我一起到公社党委会汇报工作。这山镇依山临溪，用溪卵石铺成的街道，积雪很厚。公社党委会就在街尽头处的山坡下，这是一座旧式建筑物，原先是地主庭院，以后又是伪区公所衙门。门前一棵干围数抱的百年樟树，树荫覆地十数丈。支部书记带我走到这里时，告诉我，当年红军攻打镇上时，就在这棵树下召开群众大会，当时从敌区公所缴获的反动文件和地主契约，就在这树前草坪上烧起一把烈火，浓烟冲得很高，火光照天！我想，今天所取得的一切胜利，和昨日的革命斗争都息息相关。当我和支部书记一起走进公社时，对于往昔的革命斗争年代，心中不觉起了深深的怀念，深深的追思。我想，我们一定要继承过去革命斗争的传统，坚持继续革命，夺取更大胜利。

这一夜，我住在公社。

（首发于《上海文艺》1978 年 7 月号，收入《唱吧，山溪》）

秋的怀念

我说不清楚，为什么我的心中忽地如许舒畅？为什么我忽地有一个感觉，觉得在这个早晨，我们村里的天空多么蓝，多么深远？为什么我的心中忽地有一个预感？

我走过村前的石桥时，一下看见桥边溪岸的石隙间有一丛野菊，开放许多蓝色的花朵；这一刻间，我心中一种朦胧的预感立时转成一阵惊喜，我想，使我欢喜的秋天，真的来到我们村间了？

桥下清澈的溪水，照耀着在晨光中初开的蓝色野菊，我看了，十分感动；无端地以为这野花好像在水中向我含笑，向我致意；我看了，又以为这照耀在水中的蓝色野菊，仿佛和我一样，正在回忆着曾经在什么地方最初相见……

回到村中住宅里时，看了一下壁上的挂历（这是我旅居于此小山村期间，壁上的唯一装饰），才知道此刻离立秋节还有五天。这时，我忽地又在心中想着，这山间的野菊今年提早开花了？村里自然界出现一个小小的特殊情景，秋的季节，今年比人间的习俗所规定的日期，提早来到了？

好像已成为习惯了，走到溪边的草径上，要回到村中去时，我喜欢一边走，一边从枝丫间看深夜的天空。呵，一个晚秋的月亮已经升到中天，我从乌桕的赤裸的枝丫间看这个月亮，感到今夜它是扁圆的，感到今夜它正倾注全部才情在空中发光，是黄色而明亮的。

我一边走着，一边从一棵又一棵乌桕的树枝间看夜空，感到今夜的天空好像一片暗蓝的海，一片发亮的海；感到今夜云多，有许多白色的云从四面黑色的山峦和发光的林梢后面涌上来了。

我走到村前的石桥上时，站住了。我看见天上的白云，有的被月光照耀得好像海中的雪峰，有的像白色的海岛，有的像正在移动的、发亮的绵羊群；我看见这羊群四近有许多星星，也被月光照耀得好像发亮的百合花了。

这时，忽地有个想法无端地流过我的心间，以为这个月亮今夜成为世界的中心了，因为由于有了它，因为它发光，天空上一切都发亮了。

1979 年

（首发于《希望》1979 年第 1 期）

酢浆草、野菊……

4月来了。接着5月也来了。这是花繁似锦的时节。这时节，杜鹃花好像火一般灿烂地开放在山坡上，给大自然增加了美丽。这时节，在我们村庄的溪岸和树林里的草地上，篱笆旁边，崖下的石隙间和池沼旁边，酢浆草、野菊和许多不知名的小草都开花了。他们开放黄色的花，白色的花；他们开放蓝色的花，粉红色的花，紫色的花；他们的花，有的像小小的酒杯，有的像小铃铛，他们的花和花在草间互相祝福并且谈心；他们的花，有的和蝴蝶一起做游戏，有的好像在赞美日光，或在赞美下雨的日子；有的好像在做一个小小的粉红色的梦；他们的花，有的很快结成种子，落入泥土中；有的种子好像雪花，在南风中飞扬；他们真心真意地开放花朵，在不很显眼的地方，给大自然增加了美丽。

1979 年改写

（首发于《榕树文学丛刊》1979 年第 1 辑，收入《你是普通的花》）

你是普通的花

——再致蒲公英

我应该有勇气说出来，我真心地爱你。

你谦逊。你开放很小的花。

你坚定。当你确认了自己是喜欢淡黄的色彩的，便服膺自己确认的信念，始终如一地开放小小的花，开放焕发着淡黄的色彩的花朵。

你喜欢野外所有的泥土吗？你在野地里开花。呵，我现在记清楚了，是在一个雨后，我在一个山村的旅居期间，我听见你在石桥旁边的草地上唱的一支歌；我无意间听见你唱的一支歌，认为这是我第一次听到关于下雨的真实的赞歌，认为这是一支多么朴实的歌。

你谦逊而真切。我不应该犹豫，应该说出来，我真心爱你，小小的淡黄的花呵。

1979 年改写

（首发于《榕树文学丛刊》1979 年第 1 辑，收入《你是普通的花》）

松坊溪的冬天

松坊溪

我曾经在松坊村住过好些日子。这是南方的高山地带的一个小小山村。

四面是山。是树林。是岩石。有两条山涧从东、西两面的山垄里流出来，在村前汇合起来，又向南流。这便是松坊溪。

这是一条多么好的溪涧。溪上有一条石桥。溪中有好多大溪石。那溪石多么好看，有的像一群小牛在饮水，有的像两只狮睡在岸边，有的像两只熊正准备走上岸来。

溪底有好多鹅卵石。那鹅卵石多么好看，有玛瑙红的，有松青的，有带着白色条纹、彩色斑点的，还有蓝宝石般发亮的鹅卵石。

溪水多么清。溪中照着蓝天的影子，又照着桥的影子；照着蓝天上浮游的云絮的影子，又照着山上松树林的影子，照着翠鸟的影子；秋天里，开放在岸边的蓝色的雏菊，向溪中的流水照亮她们的影子，溪中照着丛生在岸边的蒲公英的影子。

要是4月来了，那多么好。山上全是火红的杜鹃花。那时，溪中映照着杜鹃花的燃烧的彩霞般的影子。

我每天都要经过溪上的石桥，到松坊大队的队部去。我听见桥下的溪水声，唱得真快乐。日光照在溪中。我常常觉得这是一条发亮的、彩色的溪。

松坊溪的冬天

冬天一天比一天走近来了。山上的松树林，还是青翠的。山上的竹林子，还是碧绿的。天是蓝的。立冬节以来，一直出好太阳。日光是金色的。

松坊溪岸边一<u>丛</u>一<u>丛</u>的蒲公英，他们带着白绒毛的种子，在风中飘，在风中飞扬。蒲公英在向秋天告别吗？

冬天一天比一天走近来了。松坊溪岸边一<u>丛</u>一<u>丛</u>的雏菊，她们还在开放蓝色的花。

而山上的枫树，在前些日子里，满树全是花般的红叶，全是火焰般在燃烧的红叶，忽地全都飘落了。

看呵，看呵，在高大的枫树上，在枫树的赤裸的高枝间，挂着好多带刺的褐色果实。在枫树和枫树的中间，看呵，看呵，还有几棵高大的树，在赤裸的高枝间，挂着那么多的橙色果实，那么多小红灯般的果实，这是山上的野柿成熟了。

我忽地想到，这是枫树、野柿树携带满枝的果实，在迎接冬的到来。

松坊溪的冬天（之二）

下雪了。

雪降落在松坊村了。

雪降落在松坊溪上了。

雪降落下来了，像柳絮一般的雪，像芦花一般的雪。像蒲公英的带绒毛的种子在风中飞，雪降落下来了。

雪降落在松坊溪上了。像芦花一般的雪，降落在溪中的大溪石上和小溪石上。那溪石上都覆盖着白雪了。

好像有一群白色的小牛，在溪中饮水了，好像有几只白色的熊，正准备从溪中冒雪走到覆雪的溪岸上了。

好像溪中生出好多白色的大蘑菇了。

雪降落在松坊溪的石桥上了。像柳絮一般的雪，像蒲公英的飞起来的种子般的雪，纷纷落在石桥上。桥上都覆盖着白雪了。

好像松坊村有一座白玉雕出来的桥，搭在松坊溪上了。

桥和桂树的历史传说

我到松坊村时，便听到松坊村有一片桂树古林，便听说这里有一个历史传说：黄巢曾经带领他的起义军，路过村前的石桥和村里的桂树林。

我多么想去看看这一片桂树林子。

我到松坊村时，正当秋天和冬天交替的季节。天气一天冷似一天。这一天，天好像快要下雪的样子。我走过村前的石桥，沿着松坊冈崖边的石路向前走。

这是一条古老的石路。村里人说，早先这是一条驿路。只见石路两边全是竹林子。

我穿过竹林子向前走。走了大约三里路，开始登着石级，上一座小冈。这时，便感到有一阵一阵的风，吹来一阵一阵的清香；我想，前方应该快到桂树林了？

我翻过小冈。果然看到前面是一派青苍的、郁绿的树林，感到风中洋溢芬芳。我向前走，只见一棵又一棵的桂树，沿着石路两边，向前排列着；我感到每棵树都很高，很强壮。我看到有的树上开着米黄色的桂花，有的树上开着橘红色的花。

村里人说，开着米黄色的花的桂树，几乎一年中间都在开花。开着橘红色的花的桂树，只在秋天里开花。

村里人说，到村里下第一场雪时，橘红色的桂花，便都撒在雪地上……

我穿过桂树林向前走，走了大约一里路，停住了。我看到这桂树林中间有一棵老桂树：它很高，大约有三丈高，它的高枝间，开着橘红色的桂花；它的树干上，有青苔，有青藤垂挂下来；它是这一派桂树古林中最老的桂树吗？

村里有人说，黄巢当年曾把他的马系在这棵桂树上。

村里有人说，黄巢当年曾在这棵桂树上试剑……

我看到这一片桂树林，我看到这一片桂树林中一棵最老的桂树了。

这是一片多么美丽的桂树林！这里有一棵多么美丽的老

桂树!

我感到这美丽的树林中间，空气和风，全是芬芳……

当我从这一派桂树林回到村里时，空中稀稀疏疏地飞下一些小雪花。这是村里这一年最初的一场小雪。

我望着空中的小雪花，轻轻地降在村前的石桥上。

我感到这座石桥也是多么美丽。

（首发于《文汇报》1979 年 1 月 21 日，收入《我是普通的花》）

山中叶笛

乡情

　　我看见流动在村前的松坊溪，多么清澈。我看见四面的山峦上，在松树林的暗绿和暗绿之间，有一棵一棵秋天的枫树，好像正在举起一树一树赭红的火把，多么美丽。我看见四面的山峦和溪边的林荫间，秋天的暮霭降落下来了。不必掩饰，一刻间内，有一种乡情流过我的心中。我想起兴化湾的日出，暑天里降落在木兰溪沿岸荔枝林里亚热带骤雨的风情；想起那里的叶笛，那里的笙歌；呵，这是从童年起，日积月累，不知不觉间培养起来的，对于故乡风物的很深的爱，对于和故乡联系在一起的、世间美好事物的最初的执着和憧憬。这种由于生于斯所培养起来的乡情，与另一种意念、一种情感，此刻几乎同时在我的心中流过了。我想起，我对于这里的土地竟然一见钟情，想起我的心将长久和这里的土地联系在一起了，想起这里的土地将成为我心中一个新的家乡吗？

1978 年改写

秋天的晚霞

那里，好像有一座万顷的玫瑰园，正在开放火焰一般的红色的玫瑰花和橙黄色的玫瑰花。

那里，好像有一座万顷的果树园，园中种着千万柑树，千万橘树和千万石榴树；树上正在结着黄色的火焰一般的果实，正在结着红色的火焰一般的果实。

那里，好像有千万棵点着烛光的枫树，站立在火光照耀的山冈上。

那里，好像有千万丛火般的杜鹃花，正在夸耀4月的绚丽，开放在火般闪光的山冈上。

那里，好像有一座万顷的草原，草原上，好像正在燃烧千万堆爝火，有火般的牛和羊，有火般的牧人。

那里，好像有一座无垠的海湾，它的海岸的悬崖上和它的港口，到处升起爝火；它的波浪和船，好像正在向着无垠流动的火焰……

呵，在那里，我看见那光明，那炽热，那灿烂以及那豪华，那具有一种能够唤醒我的想象以及使我振奋的力量，那具有一种箴言一般的启示，不仅作为我对于大自然的赐予之感念，长久留在我的心中，更时常引发我对于美好世界之强烈的向往，执意的追求。

1979 年改写

夜雁

我沿着溪边的小径，要走回到村里去。这些日子里，我常在夜间很迟时刻回到村里去。月色都很好。我对于这村野的冰冷的月夜，深深地喜欢了；感到寒夜的月光，照着山间的村路和溪边的小径，格外明亮，有一种很深的情意。

溪岸上有许多乌桕树和梅树。树叶大都脱落了。月影、树影照在溪岸上，照在水上。多少次夜深时刻经过这里，心中都很感动，感到都有一种吸引力，感到这里好像一册书或一幅画，能令我百看不厌；感到每看一遍，都觉得中间含有新意，使我有新的领会，都打动了我的心。呵，此刻我从乌桕树和梅树的赤裸的枝丫间，望见月亮正在从一堆松散的、发亮的、柠檬黄的浮云间运行过去；望见天边的北冕星座，此刻当真好像一顶缀着宝石的王冠；望见月亮和星光中间，天空显得非常深，非常辽远。

夜已经很深了。我沿着溪边的小径，要走回到村里去。当我走到村前的石桥上时，我忽地望见辽远的天空中，好像就从北冕星座和大熊星座之间，有一阵排成一字形的雁群，接着又有一阵排成人字形的雁群正在飞行过来；我不觉站在桥上，望着它们。我看到它们镇定地、从容地在月光下飞行在自己的征程上。

一刻间内，我的心好像深深地受到鼓舞，我的心中不觉深深地有所思考起来了。当我走回到村里时，我在月光下站了一会儿，忽地看到石桥、草地和溪边的赤裸的梅树、乌桕树上，都已凝结着浓重的白霜。这已经是连续第三个夜晚，下霜了。

1979 年改写

雪天漫笔（一）

下雪了。我感到山中的雪天，确很美丽。我看到村前的石桥上覆盖着白雪了，溪石上覆盖着白雪了，远山近林覆盖着白雪了。我忽地想到我国古典山水画有一种很强的艺术表现力，有一种特殊的现实主义传统。而正在这一点上，为他国的艺术所不可企及。我想到前人用中国的、民族的笔法，用一代一代相传而又各有创造的笔法所作的山水画，确是极为传神和富有魅力；我忽地想到清人邹喆所作的一幅雪景山水画，我记得在他的笔下，那远山上的积雪，疏林间的积雪，近溪中岩石上的积雪，多么生动，多么雅洁。邹喆的画名，并不煊赫。但不知怎的，在这下雪的山村里，我忽地记起他的一幅雪景山水画来了，想起我国古典艺术的传统来了。

1979 年改写

雪天漫笔（二）

午后，雪止了。我漫步走过村前覆雪的石桥，向北走了一段覆雪的石路，便上了松坊冈。冈上小径也为雪所覆盖，一路松林，林梢都闪耀着雪光，有时有积雪从松叶间落下来，就掉在我的肩上。我走到冈上的一座悬崖前，我停步了。这里有一棵古松。村里人称它为老龙松，因为它老干虬枝，形状像老龙飞空。村里人又称它为红军松，因为当年红军曾在这棵松树下放了临时岗哨，打击敌人。多少次我经过这里时，都不禁在这里徘徊一阵。此刻，我感到这棵古松尤见动人。它的枝叶间都披着雪花，而它的枝叶，此刻又像雨水洗过似的，多么青翠。我忽地想起，我国一些古典的诗、文，画中，为什么赞美松树？我忽而又想起郑板桥的《双松图》来了。郑板桥画兰、画竹，较少画松。但我记得他所画的松，也有其独自的艺术特点；我记得他辞去"七品县官"不做，以画事终其一生。在当时的条件下，他这样做有什么可非议之处呢？我想起，在《双松图》中，他以其端庄的艺术风格在赞美松树的高风亮节，赞美人民的操守吗？我觉得，这又有什么可非议之处呢？但是为什么有人要随意鞭笞这位道人呢？我觉得随意菲薄前人，或者轻率否定他人的劳作，即使不是别有用心，也是愚蠢的。当我回到村里时，对着溪边、山间的积雪，忽地想起那些放肆地摧残我国文化的人，不禁怒火中烧。

1979 年改写

（首发于《福建文艺》1979 年 4、5 月合刊，收入《你是普通的花》）

百合花的回忆

它们怎的又越过记忆的门槛,在我的心间浮动起来了?那开放在草间的一朵一朵百合花!

那是在我旅居于一个小山村的年月里,在我居屋后面的山坡上,在羊齿类植物丛生的草间,那年夏天忽地开放许多百合花。

它们像雪一般洁白、端庄。呵,为什么至今在我的心中有时还会流过一阵喜悦?会想起那天在山坡的晨光中,不经意间望见一朵一朵正在开放的百合花时,那一刹那间的欢乐和慰藉?

它们具有什么样的品德,会令我感动,会长存在我的记忆中?呵,它们怎的又在我的心间浮动起来了,好像还开放在山坡的晨光中,恰如我不经意间望见它们时那么生动、端庄?

1978 年

(首发于《北京日报》1980 年 3 月 23 日,收入《你是普通的花》)

雪从我们村庄的上空降落下来……

好像有很多的、很多的白色的蒲公英，白色的山百合花。

好像有很多的、很多的白色的野菊花和紫罗兰，白色的三色堇和酢浆草，从我们的村庄的上空降落下来了。

雪从我们的村庄的天空中下降了。

雪降落在我们村庄里的草地上。

雪降落在我们的山峦上和树林子里。

雪降落在我们村庄里的石头上，小径里，田埂上。

雪降落在我们村庄里所有的屋顶上，篱笆上；雪降落在我们村庄里的池沼边。

雪降落在我们村庄里的溪流的两岸上和村前的石桥上；雪降落在溪流两岸的梅树上，乌桕树上。

雪降落在站立在溪岸上的樟树和水磨坊上……

乌桕树和梅树上，铺着雪了。

山峦、林木，池沼边的篱笆、木栅上，都铺着雪了。

溪岸上都铺着雪了。村前的石桥上和草地上都铺着雪了。

樟树上铺着雪了。

水磨坊的木屋上，都铺着雪了。

——而它的大木轮，仍然不停地在转动着，转动着又转动着，在挥着一串又一串的水的珍珠……

好像有很多的、很多的白色的山百合花和蒲公英，白色的酢浆草、紫罗兰以及白色的菊花，从我们村庄的上空降落下来。

冬天的雪，从我们村庄的空中下降了……

1979 年改写

（首发于香港《七十年代》1980 年 5 月号）

塔·草地

我非常爱我的学校。它叫凤山小学。它是在一座古寺的旧址上建起来的。

——有人说，这座古寺叫凤山寺，原来很大很大。进寺的前门，原来是在离城五里外的凤山桥。

——有人说，这座古寺是唐朝建的；唐僧和孙大圣、猪八戒过火焰山时，这里便造了凤山寺，寺前便造了凤山桥。

现在这里还留下一座古老的、木造的塔。木塔的石柱上雕着莲花，雕着骑着大象的佛像，雕着肩上生出六只手的佛像。

这座木塔的四周是一片草地。草地上种着许多花木。有桃树，有李树，有开着白花、黄花、水红花的蔷薇。有好多蝴蝶、胡蜂在花丛间飞来飞去。有很多蚱蜢在草地上跳来跳去。

——我非常喜欢到木塔前的草地上来……

有一个星期天，我坐在木塔前的草地上，翻开《安徒生童话选》，听丹麦的老爷爷向我讲故事……忽地，我觉得有人向我打招呼，我抬头一看，太好了——

原来是，木塔石柱上那位骑着大象的佛爷，向我打招呼。他叫我一起骑到大象的背上来。随后，我记得我们骑着大象走过寺前的凤山桥；随后，我记得我们骑象到一座大森林里去漫游了，看见有很多蓝蝴蝶在飞舞，我正要用捕虫网来捕林中的蓝蝴蝶时，又看见一位戴着王冠的印度王子，从森林后面的王宫里骑马走来了⋯⋯

——原来是，那天在木塔前的草地上做了一个梦，我和雕在木塔石柱上的那位佛爷，同骑一只象走进一个童话世界中漫游去了⋯⋯

啊，我非常爱我的学校。

我念书的学校，叫凤山小学，是在一座古寺的废址上建起来的，它有草地和一座木塔⋯⋯

（首发于《诗刊》1980 年 5 月号）

初霜

下午，天气很暖和。老支书却说，可能要下霜了。到了傍晚，霜风真的吹起来了。这时，西边山峦后面好像烧起了熊熊的炉火，一片红霞。溪边和近处山上的树林，沙沙发响，黄叶纷纷地飞着。

到了夜里，真的下霜了。夜里十点多，我跟老支书从生产大队队部，要回到村里去。我们沿着溪边的小路走着，我看到草地上、溪岸边一棵一棵落叶的乌桕树、桃树、梅树上，都凝聚着很浓的白霜。我从梅树和乌桕树的枝丫中间，望见暗蓝的天空上，没有一丝云。一个月亮，疏疏落落的星星，非常明朗、美丽……

老支书的步子走得很快，我的步子也跟着走得很快。这样，身上感到暖和。大队部在上村，要回到我们下村，有三里路。我跟着老支书很快就走到我们下村前的石桥边。我看见石桥边的石栏上，也凝聚着很浓的白霜，在月光下闪闪发光。我想，今晚的霜下得真大。

"注意！"

老支书拉了我一下，让我停步下来。在霜夜的寒气里，我忽然闻到一阵臊味。说时迟，那时快，一只有长尾巴的、棕灰色的野兽从我们身边唰地闪过去，又箭一般地闪过石桥……

过了石桥，在我们村庄的晒谷场四近，有许多稻草垛。我一眼看到那只棕灰色的野兽正往稻草垛里钻进去，我想：它要在里面躲藏起来，并在草垛里取暖……

"是山獾！"老支书说。

"捉它，好不好？"我向老支书问道。

"不要惊动它！"老支书交代我。

这时，我们正走过石桥，走到堆在晒谷场旁的稻草垛前。我立刻听到一阵小动物的鼻息声；它感到惊慌？它心中的确很害怕，以为我们会来捉它吗？我很快看到在稻草垛里有一对绿宝石般发亮的目光！哦，这只躲进稻草垛的山獾，原来两只眼睛旁边有白斑点，嘴巴和鼻孔好像长在一起，那鼻息好像从鼻孔和尖嘴间同时呼出来。看起来，此刻它的确很害怕、担惊！

老支书告诉我，山獾会在森林里的大树下面，在山崖下的土丘旁边筑洞。它们到了冬天，便躲藏起来，好像青蛙一样，过冬眠的生活。

老支书说，这只山獾，说不定是它今年最后的一次活动。它在夜里出来觅食，在它到自己的土洞过冬之前，寻找一顿丰富的晚餐。山獾会捕捉田鼠、土拨鼠。

当我跟着老支书刚刚走过稻草垛——才离开晒谷场不太远的地方，我回头一看，恰巧看到这只有长尾巴的、棕灰色的动物，已经从稻草垛里钻出来，一下子箭一般地又闪过石桥去了……

这时，霜下得更浓了。

（收入《避雨的豹》）

荒废的石灰矿

山上有一个石灰矿。那是用人工开采的，可是已经有多少年荒废在那里了。

从村里到石灰矿约二十里，都是曲折崎岖的山路，途中还要经过两个峡谷。这山路很特别，统统铺着竹片；峡谷上面悬空搭着木桥，木桥上面同样铺了竹片，因此路很滑。听说当时开采出来的石灰石，一篓一篓的，用一种特制的木板车载着，农民拉着这种木板车下山，路滑倒很省力。我住在这个山村里时，有一次，便从这竹片铺成的山路，一直走到石灰矿的废址。春天，遍山开着映山红，一路来都是高大的密林，像两道绿墙筑在路旁。竹片已有不少损坏，路上留下许多白色的石灰粉末，和泥土混在一起。我想，这条山路是很久没人来往的了。

那石灰矿是很小的。看来只挖下三四米，就露出矿石，矿床很浅。当时开采好像没有什么计划，这里挖一坑，那里挖一坑，坑壁上留下许多小小的洞孔。呵，我发现一个小洞里铺上了干叶和绒毛——这是什么鸟窝呵？窝里的鸟已飞出去了。我一个洞孔一个洞孔地观察着，想发现更多的鸟窝。我一共发现了五个鸟窝……突然，从前面另一个洞孔里飞出一只鸟——这是鹧鸪，胸前有珍珠般的白圆点，背上有赤色斑圈。这一定是雌鹧鸪，它也许在窝里准备下蛋，听见我的脚步声，惊飞出来。

这对我说来，是意外的发现。我是去采石灰石的标本的。我当时所采的石灰石，现在还放在我的桌子上。

（收入《避雨的豹》）

丘鹬、溪鲫和虾……

松坊溪的流水，多么清澈。只是水位一天比一天地下降了。许多溪中的岩石，都露到水面上来。只有从溪岸垒着石头的空隙间长出的雏菊，还在开着黄色的花朵；溪边草地上，车前草和酢浆草的叶子都发黄了，变白了；它们的种子都散落在溪边的泥土中，准备明年春天来时，发出绿芽来。

天空更蓝了。溪滩变得更宽阔了。溪岸上的乌桕树，树枝上的叶子有的变黄了，有的变红了。风从西边吹来，红的乌桕叶子和黄的乌桕叶子，好像一只只黄蝴蝶和红蝴蝶从树枝上飞起来，又飞到松坊溪的流水中，变成一艘艘黄的小船和红的小船向前航行了。

这是星期天。我忽地有个想法：不要像平时那样，从溪岸上的小路走；要踏着溪滩上的鹅卵石，沿溪向上游随意走去。我走过的地方，有的溪滩很宽阔，鹅卵石很多；有的溪滩很狭窄，没有鹅卵石。有好些地方，溪岸很陡，生长出许多繁密的芦苇丛。有几次，我看到长着黄褐色羽毛的丘鹬，远远发觉我来了，迈开长腿子在溪滩上跑，一下子便钻进芦苇丛里去。村里人说，丘鹬是住在北方的，它们到南方来过冬。我想，现在才是深秋时节，丘鹬已经旅行到我们松坊溪来了，今年，它们来得早。我又想，看来丘鹬是很机警的。它们总是在生着芦苇丛的溪岸附近活动，这样容易找到隐蔽起来的地方。但我这样想，是不是想得对呢？

我踏着溪滩的鹅卵石向前走。溪床越来越陡了。溪中露出很多溪岩，有的溪岩很大，好像一张大书桌摆在溪中；但有很多大溪石，还是浸在溪流中。这里，我看见两边溪岸上有很深的竹林子。竹林的影子照在溪上，溪水变得碧绿碧绿的了。我想，说不定因为有竹林掩护，寒风吹不进来，这一带溪岸上的草地，草还是绿的，蓝的、黄的雏菊开着很多的花。我在溪滩边的一块溪石上坐下。这时，我才发现在竹林的阴影下，这一带溪中有许多溪鲫成群地在溪石间穿来穿去地游着。这是今年春夏间才生长出来的鲫鱼吧？都已经长得有一寸多长了。忽地有几片竹叶掉在溪上，我看见那些鲫鱼立刻潜进溪石间，随后不久，它们又游到水面来，结成一群随着水流向前游去。不一会儿，我忽地发现有一只大溪虾，从一块椭圆形的大溪石下面游出来，随后就停在那溪石上面，很安静地停在那里，一会儿轻轻地拂动它那很长的触须，一会儿又举起它那钳一般的大颚。我知道，溪中的虾大都是夜里出来活动，这只大溪虾怎么天没暗便出来活动呢？我注视它，我耐心地注视着它，它停在那溪石上有十多分钟，才游回溪石下面去。它停在那里干什么呢？

当我回到村里时，天才刚刚暗下来。晚风吹起来，溪岸上的乌桕树，树枝上的红叶子和黄叶子，飞到溪水上，好像一艘艘红的小船和黄的小船，随着流水向前航行了。这时，村边的松树林后边，浮起了黄色的蛾眉月，很美丽。我来不及吃晚饭，先把下午看到的风景，看到的丘鹬、溪鲫和一只虾的活动，记在本子上。但我仍然猜不出那只虾为什么停在溪石上那么久。真的，它停在那里干什么呢？

（收入《避雨的豹》）

钟楼·书

我念书的学校，叫凤山小学，是在一座古寺的旧址上建起来的。现在这里还有一座古老的木塔和一座座钟楼。

——有人说，这座钟楼上原来有一口铜钟，天正要亮时便响起来。钟声一直传到五里外的凤山桥，又传到二十里外的兴化湾。

这座钟楼，现在是我们的阅览室。四面都是玻璃窗。楼上有很多书架和书。

——我很喜欢到阅览室来。

有一天，我看到一本书，一下子看见上面画着一座大森林，不一会儿，走出一位熊猫阿姨来了，她戴一副眼镜，穿着围裙，在森林的草地上办一所幼稚园了；我赶紧把书翻下去，这下看见好多小朋友：小刺猬弟弟、小白兔弟弟、小青蛙弟弟、小松鼠弟弟，都坐在幼稚园的小椅子上了；我赶紧把书再翻下去，看见小袋鼠弟弟背起书包，从澳大利亚大沙漠跑来了；随后，看见长颈鹿小弟弟从非洲坐一条独木舟来了……

我好像听见书里有一阵音乐传来了，我看见熊猫阿姨已经坐在钢琴前面，弹起好听的歌曲了；我看见小朋友们按照歌曲的节奏，踏着拍子了；我看见熊猫阿姨向长颈鹿小弟弟看了一眼，长颈鹿小弟弟马上踏着舞步在草地上跳舞了，他像马戏团的小狮子那样跳舞，他又跳一个非洲黑人孩子的土风舞。

——我非常喜欢到我们学校阅览室，它原是一座钟楼。

有一天，我看到一本书，里面有一幅一幅的画；我看见有一幅画，上面画着一大片北冰洋的雪景，所有的山，都是冰山，山下有村落，那屋顶和长方形的烟囱都盖着雪；我仔细一看，那村落前面的雪地上，停着好多雪橇，几只小猎犬在那里跑来跑去……

一会儿，我好像看见许多村屋的门都开了，走出一群爱斯基摩人的渔夫来了；他们都穿着用厚厚兽毛做的长靴子，拿着鱼叉；他们都坐上雪橇出发了；他们要到北冰洋上去捕鲸鱼，还是去捕海马呢？

我看见许多爱斯基摩人的小朋友，还有猎犬，都跟着雪橇往海岸边跑去了……

——真的，我非常喜欢我们学校的阅览室，它以前是一座钟楼，现在楼上放着好多书架和书。

有一天，我看到一本书，它给我讲丹麦的老爷爷安徒生的故事；书里有照片和画……

太好了。安徒生老爷爷的爸爸，原来是一位贫苦的鞋匠，他读过很多的书，还在家里给小安徒生办了一个玩具戏院；从这本书里，我还知道安徒生老爷爷会绘很多美丽的图画，会剪很多好看的剪纸；还知道安徒生老爷爷非常喜欢旅行，他曾到俄罗斯、芬兰、荷兰去旅行，也在瑞士的山村里旅行……

得！得！得笃，得笃……

我好像听见有一阵车轮声音从书里传出来了。这时，我看见安徒生坐在一辆马车上，他戴一顶礼帽，领上结着蝴蝶结，从他的故乡奥登塞出发了；他要出去做客吗？他要到一个幼稚园里去给小朋友讲故事？他要到非洲去旅行吗？

一会儿，我好像看见安徒生老爷爷的马车，走过一座北欧的森林了。噢，他的马车这时穿过瑞典的一座森林了吗？他的脸上显出沉思的样子，他在想着，给拇指姑娘一个胡桃壳雕成的小摇篮，要用蓝色紫罗兰的花瓣做垫子，用玫瑰的花瓣做她的被子；随后，他轻声地唱起一支《金龟子呵，飞走吧》的歌……

一会儿我看见安徒生老爷爷坐在马车上，脸上好像有一种宽慰的微笑，因为，他已经知道国王和臣仆们赶到城里去了，那花园里的玫瑰花已经坐上王位，鸡冠花们正分成两队，在两边站着……

——我非常喜欢到我们学校的阅览室来。在很早以前，它是一座钟楼，有一口铜钟。

这座钟楼，现在四面都是玻璃窗。从玻璃窗里，能够看到木塔和远处的荔枝林；越过荔枝林，能够看见我们家乡的大海和兴化湾：那里有许多船。有一天，我忽然想起来了，我要是能够从兴化湾乘船出发，到安徒生老爷爷的故乡奥登塞去看看，有多么好！接着，我就从奥登塞再出发，向北航行，去看看爱斯基摩人的渔村；到了晚上，便住在他们盖雪的屋子里，说不定能够从窗口看到美丽的北极光呢。

我念书的学校，有一座钟楼，现在是我们的阅览室……

（首发于《人民日报》1980 年 6 月 12 日）

在雨中，我看到蒲公英

……是一阵骤雨，是一阵夏天的骤雨吧？雨从我们村庄的上空，从那好像松散的煤烟一般的浮云与浮云之间，洒下来了。

这时候，我看见有的雨水，洒在溪岸边的乌桕树上了。

有的雨水，洒到溪中了。

——我看见那流动不止的溪水上，在雨中生起一朵朵水泡，好像开放一朵朵珍珠般的花朵；开放了，在溪水上浮动着，又立即凋谢了……

我看见有的雨水，洒在村前的石桥上了。

——过桥那边的溪岸上，有一条草径，两旁长着一片青草。我看见从我们村庄的上空，从那煤烟般松散的浮云间洒下的雨水，洒到草径上了。

——那草径两旁的青草间，开放着许多野花。我已经好些日子里没有经过这条草径了，站在我家的门前，我远远望见那里开放的野花和它们的鲜叶，在雨中摇晃，好像在风中摇晃一样……

这时候，不知怎的，我自己以为，那开放在草径两旁青草间的野花，好像正在雨中向我呼唤，要我赶快走过石桥，和她们相见、谈心……

我戴上雨帽。我走上村前的石桥。是不是我的胸中有一颗童心？是不是已到老年了，我还喜欢幻想？我自己以为，那青草间的野花，看见我来了，一齐唱一支欢迎我的歌了。

我走过石桥了。我看到一丛野菊了。

——她们在夏天里开花了。我知道，从夏到秋，她们一直在这里开花。她们多么勤奋。她们好客，一看到我来了，我自己以为，她们便向我问候，一齐在雨中向我挥起蓝色的手帕了。

这使我非常高兴。我沿着溪岸上的这条草径前行。我看见和野菊一起在青草间开花的，还有开着白花的草莓。

我看见有些草莓已经结了桑葚一般的果子……

——我的心中，忽地感到一丛一丛的草莓，好像一群一群小姑娘。

她们手中携着小篮子，里面装着花朵和果实。一看到我来了，她们便一齐把篮子举起来，向我致意……

这使我非常高兴。我沿着溪边的草径前行。雨还在下着。这时，我看见和草莓一起在雨中开花的，还有开着红花的酢浆草，还有开着白花的酢浆草……

——呵，我真的非常喜欢幻想吗？我一边走，一边看着开花的酢浆草，心中以为她们好像一群穿着白色舞衣的小姑娘，好像一群穿着红色舞衣的小姑娘。

她们一边在雨中跳着土风舞，一边在花瓣的酒杯里，倒上蜜……

我一边在心中想着，一边沿着草径前行。我多么高兴啊。我看见在前面的草丛间，在溪畔一棵很高很高的乌桕树的树根近旁，在雨中，一大丛蒲公英也开花了。他们和很久很久以前我所见到的一样，开着淡黄色的花；不知怎的，也不知从何时起，我便觉得蒲公英的花是稚气的，天真的……

——呵，我真的非常喜欢幻想吗？

怎的，已到老年了，我还非常喜欢幻想？是不是这些草间开放的野花，真的太美丽了，在我的心中唤起美好的想象了，在我的心中出现一个童话世界了？

在我的心中，一刹那间，这些蒲公英好像是一群花的小孩子了。我看见他们都戴一顶淡黄色的小便帽，他们都背一个小书包，他们排起队伍了；我看见他们一齐向前走，要上花的幼稚园去了……

忽地，我好像听见他们的队伍中间，有声音传来了："看啊——天边出现一条彩虹！"

我抬头一看，我看见在乌桕树的树梢，天上当真出现一条彩桥一般的彩虹。

这时候，我看见乌桕树下面的溪水中，也照耀着一条彩桥一般的彩虹，这水中的彩虹旁边，有天上的云影，还有岸上的树影和蒲公英、青草和草莓的影子；忽地，那水中的云影，仿佛化成蒲公英的小孩子、化成草莓的小姑娘一起走上水中的彩桥了……

啊，刚才下一阵雨，下了一阵夏天的骤雨吧？现在雨停了。

（首发于《诗刊》1980 年 7 月号，收入《1980 年散文特写年编》《六十年散文诗选》）

从果园里看到的

　　我念书的学校，叫凤山小学，是在一座古寺的旧址上建起来的。现在，这里还留下一座木塔和一座钟楼。

　　我坐在教室里，看到木塔的影子，照在教室的玻璃窗里，觉得很好看，很有趣。我很喜欢雕在木塔石柱上的那位佛祖，他的眉毛很长，他骑在一只大象上；那石柱上还雕着一位肩上生出六只手的佛祖，我也很喜欢。这些佛祖的影子，照在玻璃窗里，看来更是有趣。从玻璃窗的返照里，我也看见那座钟楼的影子；它现在是我们学校的阅览室，屋檐上还挂着小铃铛，风一吹，小铃铛便叮当地响起来了。

　　从我们教室的玻璃窗里，也会看到果园的树枝在风中摇曳。有一天，我便从玻璃窗的返照里，看到一只小松鼠站在树枝上，用前爪去抓一串龙眼，觉得很有趣。

　　这座果园和我们学校校园的一片草地，只隔一道土墙。那土墙上长着许多狗尾草，也长着蒲公英。有许多龙眼树的枝干从墙上伸过来。这道土墙，有几个小土洞。我从洞孔里看过去，能够看到这座果园里有一棵又一棵的龙眼树。

　　下课的时候，我常常跑到这道土墙旁来，从小洞孔里去看一下这座果园。呵，我越来越觉得，这座果园里有看不尽的风景，真是太好看了。

有一天，我从小洞孔里看到果园里的草地上，有好几只小松鼠在跳来跳去。一会儿，我看见小松鼠好像排队一样，一只跟着一只沿着树干爬上去；我往上一看，原来有一只大松鼠站在树梢上，等着他们爬上来，她说："吱！吱——吱吱……"

我听了，便替自己把大松鼠的话翻译过来："孩子们，赶快坐好！"

我果然看见那几只小松鼠一起爬上树梢，便都坐在大松鼠旁边的树枝上。那大松鼠又说："吱吱！吱吱吱……"

我听了，又把它的话翻译过来："现在，大家洗洗手，洗洗脸！"

我果然看见小松鼠们坐在树枝上，真是听话，有的用前爪抹着鼻子，有的抹着嘴巴。有的把两只前爪擦来擦去，擦了又擦，这就是在洗手。

我看见这情景，非常高兴。可是，我听见上课的铃声响了。这一节是我顶喜欢的生物课。我一边跑向教室，一边想：这位大松鼠是小松鼠的妈妈吗？恐怕不是。是幼稚园的阿姨吗？小松鼠们也办幼稚园——他们洗过手后，要准备吃点心了？

我喜欢跑到这道土墙前面来，从小洞孔里往果园里看过去。呵，我觉得这洞孔好像是一个万花筒的玻璃镜，从镜里看过去，真好看呵。

有一天，我很早便上学。我到学校里时，上课的铃声还没有响起来。我便跑到土墙前面来，才跑到土墙近旁，便听见果园里传来一阵鸟声。我听了一下："鹊！鹊鹊！"

知道是喜鹊阿姨在那里叫起来，她好像非常高兴。

我再听了一下："吱咯——吱咯吱咯！"

我听了，断定是白头翁阿姨的声音。我还听见有八哥阿姨的说话声。

我赶紧从小洞孔里望过去，果然看见有一位喜鹊阿姨站在树梢——她家的鸟巢筑在这棵龙眼树的高枝上。她站在离鸟巢不远的树枝上，对八哥阿姨说："八哥嫂嫂！早上好！"

八哥阿姨说："喜鹊嫂嫂，早上好！"

喜鹊阿姨接着说："鹊鹊！我今天要飞到兴化湾去。那里有艘远航轮船，要开到澳大利亚去。我准备和船长打个招呼，请他到澳大利亚时，抽空到那里的大沙漠里去跑一趟，邀请鸵鸟叔叔来我们果园里做客——你们看，这好不好？鹊！鹊！"

只见喜鹊阿姨一口气说下去，便从树梢飞起来；我看见八哥阿姨还有白头翁阿姨都飞起来，向她送行。她越飞越高，不一会儿，又在半空中，叫道："鹊！我已经望见兴化湾了。那艘远航轮船好大！船上有很多彩旗，好像过节日——我飞去了，再见！"

"再见！"

只见八哥阿姨、白头翁阿姨都飞回来了。八哥阿姨站在看守果园的老头住的泥屋的屋顶上——她家的鸟窝便筑在泥屋檐边的小洞里。她对白头翁阿姨说："早上好！我今天也要出门去。我要到火车站去接客人。有一批从云南大森林里飞来的鹦鹉阿姨。她们昨天从昆明坐火车出发。火车已经走了二十四个小时，快到了！她们要移居到这里的动物园，和一批从美洲来的鹦鹉阿姨一起居住。唔，现在我就得动身了！"

只见八哥阿姨说着，便从屋顶上飞起来。白头翁阿姨也飞起来，向她送行。八哥阿姨越飞越高，不一会儿，她在半空中叫道："吱咯！我已经看到前面一片大树林后面，腾起火车头的白烟——火车快到了，再见！"

"再见！"

只见白头翁阿姨一下飞回龙眼树树梢——她家的鸟巢筑在这棵龙眼树的高枝间——正在这时，我听见上课的铃声响了。这一节是我顶喜欢的生物课，老师已经告诉过我们，在这一节课里，他要在讲堂上，讲英国一位大生物学家达尔文的故事，讲达尔文老爷爷坐船到澳大利亚，到地球上许多地方旅行和采集生物标本的故事……我赶紧向教室跑，都来不及向白头翁阿姨说一声再会……

真的，我喜欢到学校校园边的土墙前来，从小洞孔里去看隔墙果园里的风景。

这一天，我在学校的阅览室看到一本书。这本书里讲一个童话：一只非洲的长颈鹿弟弟漫游到印度的大森林里来了。长颈鹿小弟弟才三岁吧？他长得好高，他长得有四米高了。他肚子饿了，便伸长脖子，在森林里的树上吃树叶，又往前旅行。不久，他遇见一只印度大象哥哥。他们二人一下就结成了好朋友。大象哥哥要到伐木场帮助印度工人搬木材，非洲长颈鹿小弟弟跟他一起到贮木场去了……

我把这本书里的童话刚刚看完，阅览室下班铃声响了。我看看天还早，就跑到土墙前面来，从小洞孔里往果园看过去，可好呵!

只见，今天果园里真热闹。果园的草地上，有好多蝴蝶在飞来飞去；呵，今天果园里的蝴蝶，好像特别多，有黄蝴蝶、白蝴蝶、凤蝶……都飞来了，她们非常高兴的样子，开始跳舞了！还有很多蜜蜂、很多胡蜂……都飞来了，他们也显得非常高兴的样子，一边唱歌、一边跳舞了。呵，我看见好几只小松鼠弟弟，跟着一只松鼠阿姨在龙眼树树枝上跳来跳去；我以为这是松鼠小弟弟们刚从幼稚园放学了，这会儿松鼠阿姨送他们回家去了……我正在这么想时，听见小松鼠们叫道："吱！吱吱吱……吱……"

我听了，马上把他们的话翻译过来了："看呵，采龙眼的师傅都来了……"

这时，只见果园里的蜜蜂、胡蜂们飞来飞去，唱得更加高兴了；蝴蝶们飞来飞去，舞得更加欢乐了。不一会儿，我果然看见采龙眼的师傅，每人肩上都背着一只竹篓，扛着一架竹梯走进果园里来了；不一会儿，我看见采龙眼的师傅，把竹梯放在树前，每人往一棵龙眼树的树梢爬上去……

今年，这果园里的龙眼树上，长出好多好多的龙眼果呵。一串一串的龙眼果，好像一串一串黄玛瑙雕出的小灯泡，挂在树间；只见采龙眼的师傅一爬上树梢，都忙不迭地把一串一串的龙眼果摘下来，放进竹篓里……

我看见这情景，非常高兴。忽地，我听见喜鹊阿姨飞在半空中，大声叫道："鹊！鹊——鹊鹊！你们看呵！非洲的长颈鹿小弟弟来了！还有凤山小学木塔上的两位佛祖一同骑着大象和长颈鹿小弟弟一起来了！"

果园里的八哥阿姨、白头翁阿姨听见了，马上飞起来，一齐向喜鹊阿姨问道："真的吗？他们来干吗的？我们欢迎呵！"

我一看，果然看见一位非洲的长颈鹿小弟弟，长得和我刚才在一本童话书里看到的那位长颈鹿小弟弟，简直是一模一样，真的走到果园里来了；长颈鹿小弟弟的后面，雕在我们学校木塔石柱上的两位佛祖，就是那位有长眉毛的佛祖，和那位肩上生出六只手的佛祖，真的一同骑着大象走进果园里来了！

长颈鹿小弟弟和两位佛祖，现在开始在果园干活了！

我看见长颈鹿小弟弟非常有本领，他长得高，他站在果园的草地上，不用竹梯，便能够向树梢摘龙眼。

我看见那位有长眉毛的佛祖，站在大象背上，也开始摘龙眼了，那位长出六只手的佛祖也站在大象背上，六只手一齐向树上摘龙眼了……

我看见这情景，非常高兴。

忽地，我听见喜鹊阿姨飞在半空中，大声叫道："鹊！鹊鹊——凤山小学的小朋友们来了！你们赶快看呵，他们排着队来了！"

果园里的八哥阿姨、白头翁阿姨都飞起来，叫道："凤山小学的小朋友们，也一起来采龙眼呵——吱咯吱咯！"

只见长颈鹿弟弟，两位佛祖和那只大象，还有果园里的许多黄蝴蝶、凤蝶，还有园中好多蜜蜂、胡蜂们都一齐向我们凤山小学的小朋友们走过来，飞过来了。

我看见这情景，非常高兴……

呵，我念书的学校，叫凤山小学，是在一座古寺的旧址上建起来的。现在，我们学校的校园里，还有一座木塔、一座钟楼；我们学校的校园里，还有一片草地；这片草地，隔着一道土墙，有一座很大的龙眼树的果园，我喜欢从土墙的小洞孔里，向果园里看过去，看到好多好多的风景；我一边从土墙的洞孔里看望风景，一边在自己的心中编童话、故事。上面便是我自己编的童话、故事，你们看了，觉得好不好？是不是有趣味？

"可好啦，"小泥人拍手说道，"我听见最好听的大合奏了！番婆子，你细心听吧……"

是的，现在番婆子和小泥人听到了；在他们看来，是世界上最洪亮的、最美丽的音乐；这便是雨点降落在一望无际的稻田里时发出的大合奏；像绿色的海波一般的稻田中，稻穗摇着手臂，欢迎雨的降临！

这阵夜间下降的骤雨，大约下了有半个钟头吧？随后，雨声慢慢地细小了。

ta，la——lala——ta！

好像一支大合奏的乐曲，慢慢地奏到终了的时候……

小泥人和番婆子在慢慢减弱的雨的音乐声中，慢慢地坐下来，慢慢地躺下去：他们又睡觉了。

（首发于香港《海洋文艺》第 7 卷第 9 期，1980 年 9 月）

江口镇二题

江口镇

福清和莆田交界处，有一座石造古桥，俗称江口桥。过此桥至桥南，便是莆田的江口镇了。莆田是我的家乡。"文化大革命"以后，这是我第一次路过家乡，心绪如潮。我尽力克制胸中的激动和兴奋，从车窗里注视我的乡土。

记不清是何缘故，江口镇在我的心中一直留下早年的、最初的印象。在我的心中，它是一座用溪卵石以及石块铺成街道的，为广阔的田野环抱的村镇；远处有橄榄色的丘冈。即便现在的街道是用水泥修成的了，宽了，那早年的石头的街道，我回想起来，仍感亲切。我忽地想起街道尽处还有一座古庙，记得那里的榕荫下有几匹马在吃草。

但是，车一闪便开过江口镇。我想起二十世纪二十年代末期第一次路过这个村镇，那是我的少年时代。从那时起，我的心中便留下一帧朴素的家乡村镇的水彩画了吗？[①]

---

① 我家原住在莆田城关镇，到江口镇尚有四十华里。

江口镇的田野

记忆中永存的，那远处的丘冈，那橄榄色的丘冈上，现在耸起一排炭笔画一般的松树；还有一丛又一丛的蓝灰色的灌木。那松树间有几幢白色的中式房屋。

——是哪些家庭新盖的房屋呢？

我从车窗望着那美丽的丘冈，心中有一种说不清的思念之情。车一闪过去了，窗外是一片伸向天边和海湾的田野；麦苗、蚕豆等家乡传统的冬季作物的青色和嫩绿，和土地一起伸向天边和海湾。

我们的车一直在这田野边的公路上奔驰而过。田野间，小河岸边，开始出现了许多红砖或青花冈石盖成的，白垩粉墙的，永远具有乡土建筑艺术特色的屋檐和画栋的居屋^①，一座又一座的，互相偎依着，好像亲人在一起恳谈……

——居屋中的主人，都在家吗？

我的心中有一种说不清的思念之情。不知怎的，我忽地想起那些辽远的地方，忽地想起那辽远的南美洲，想起那里的古代的荒漠；忽地想起印度的恒河；想起印度尼西亚三宝垄市郊野的三宝洞，放在洞口前的铁锚^②，那铁锚永远记载历史的光荣和民族的骄傲和勇敢……

——我深深怀念的、远方的亲人啊！

---

① 这是侨胞的居屋。

② 三宝洞口放的一把铁锚，相传为郑和下西洋时所用的。

车一直向前奔驰。已是近晚了？车窗的玻璃上，闪耀着故乡天空上出现的、近晚的云彩的蔷薇色，我感到真是多么美丽呵。

1980 年

（首发于香港《地平线》1980 年第 14 期，收入《鲜花的早晨》）

窗、庭院和井……

××同志：

　　谢谢您。我已收到您的热情的来信。没有想到《梅花亭的回忆》会引起您的注意。您要我续写若干章这样的文章，给孩子们看，我很愿意照您的意见来做。我应该试一试看，只是担心未能写好。我的确有些担心，我认为写给孩子们看的作品，必须格外认真，应该就自己力之所及，写得好些。呵，您知道吗？我虽然这么想着，心中可又浮起一些儿童时代的生活情景来了。

　　不知怎的，此刻想起我家一个古老的窗来了。我少时住的是一座古老的宅第，有人说，它是清代初年的建筑。我家住的是这座宅第的两间居室。我住在左边的那间居室里，有一个窗；它很早便很破旧了。什么时候，它装上明亮的玻璃了？它，在我的心目中，是很美丽的。我记得有时会有一只粉蝶从窗口飞来了；我记得有时会有一只麻雀、一只蛾，或是一只红豆一般的甲虫从窗口飞进来了，这使我非常欢喜。我在儿童时代，也和很多儿童一样，心地大概是很纯真的吧？仿佛记得，我曾经和一只有褐色斑点的黄色瓢虫讲话。我正蹲在一条长凳子上温习功课（那时，我念小学几年级？忘记了），那只瓢虫从窗口飞进来了。它在我的课本上爬来爬去，我用铅笔把它拨开，记得我对它这样说："你等会儿再来玩，好吗？等我把这篇课文背熟……"

您是否觉得好笑？不过，我请您自己也回忆一下，小时有否和一只小鸟、一只飞过空中的雁，或是蝴蝶讲过话呢？

从我小时的居室的窗口里，能够看到窗外庭院里的一棵老龙眼树。记得清楚，我喜欢从树枝间看曙前的天，天上的星或是月亮。这时（大约都在五点吧）我从床上醒过来。我觉得，从树枝间看天上的星，格外好看，"那颗星，有什么办法，让它变得更亮……"

我一边想，一边赶快穿衣服，一骨碌爬起床来——心中还在想着："想个办法，让那颗星变得更亮，才有意思——别想什么星了，等温习好功课，再想办法……"

您会觉得奇怪呢？记得到了 1957 年间，不知怎么一来，我忽地把儿时的这类"痴想"，写成一首只有两行的"诗"：

我的愿望[①]
——童年回忆

我想用我的手巾，
把启明星拭得更亮一些。

是的，我儿时很早起床。我从书袋里拿出一本语文课本，

① 此篇拙作原刊《园地》，现收入拙著《你是普通的花》。

或是一本向图书室借来的小书，便跑到我家庭院里，坐在石阶上读起来了。记得儿时，对很多书都爱读。哦，只是不很喜欢读语文课，那些讲文彦博、司马光的故事的语文课本，我觉得没有趣味。记得那时很喜欢读有关地理的小书。我坐在石阶上，读着读着，眼前出现一片绿色的大森林了；看见一只小鹿从森林里跑出来了，它一直跑到一条小河边来；这条小河越变越大，变成密西西比河了；那只小鹿一直跑到河边的一只独木舟上来，和一个印第安人一起划着独木舟向下游旅行和抓鱼去了；等等。记得也爱读讲历史故事的小书，例如说伏羲氏会画八卦的故事，说那些"古时人"没有纸，在兽骨或是在乌龟壳上刻字的故事，都觉得很有趣味。记得也很喜欢读有关介绍科学家的故事的小书，我至今记得清楚，小时曾读到一本讲述达尔文生平的小书；我坐在我家庭院的石阶上，读着读着，好像我和这位英国叔叔一起坐军舰航行到澳大利亚的海岸边了，看到一只袋鼠、好几只鸵鸟从远处的沙漠上跑来了……我小时，好像很喜欢幻想，这种脾气又好像至今没有变过来，你说是吗？

我家的这个庭院，记得铺在庭院地上的砖和石块，破损得很厉害，有许多裂隙。但是，当时在我的心目中，它是很美丽的。这个庭院里，有一棵很老很老的龙眼树（它刚好站在我的居室的窗前），还有一棵香橼树。有一个花坛，虽然也破损得厉害，但种各种花，例如仙丹花、南天竹、茉莉，还有金银花。这金银花，和我下放于闽北一个小山村时所看到的不一样。闽北山野间的金银花，漫生于溪边和山坡上。这种小城镇家庭里种植的金银花，是攀缘着给它安排好的草绳一直爬到屋顶上，在屋瓦间铺开绿叶和开花。凌晨，我坐在石阶上读小书或温习功课，有时抬头一看，看到金银花在屋顶上开着很多白色小花（这大约在每年4月间），感到这些小花正在微笑，非常好看。

花坛上，也种丝瓜、豌豆。我记得丝瓜开花、结实的时候，庭院里便使我感到非常热闹了，因为，有很多小甲虫、瓢虫飞来了，有很多胡蜂飞来了。那些胡蜂是来采花粉的，我站在瓜棚下观察，看见它们的翅膜和触角上，主要是小足上都沾着很多花粉。我记得，我非常喜欢豌豆，常常站在花坛边，观察它们的藤叶爬上小竹篱了，开着小蝴蝶一般的花了，结着小豆荚了……

可能那时我已经读了安徒生的作品。例如，读了《丑小鸭》《豌豆上的公主》或《小伊达的花》，所以——我记得，站在花坛的小竹篱前面，看着看着，仿佛觉得那豌豆荚里铺着天鹅绒般的床垫，那里面的小豆粒是一个一个的小王子、小公主，是姐妹、兄弟……

你会觉得奇怪吗？大约也是在1957年间，不知怎的，我忽地把儿时对于豌豆的印象，写了一首只有三句的"诗"：

蝴蝶、豌豆花

一只蝴蝶从竹篱外飞进来，

豌豆花问蝴蝶道：

"你是一朵飞起来的花吗？"

这首诗，后来收在我的《蒲公英和虹》这本小书中了。

我想，这封信便写到这里——可是，我又想起一口井来。它在我家庭院的西侧，也是很老很老的了。每天凌晨，我在温习功课之前，先在井中提了一桶冷水，洗盥一番，然后才坐在石阶前来……这口井，在我的心目中，也是很美丽的。它的石栏上生着青苔和绿色的木耳般的、湿漉漉的地衣。在我的家乡，天气一年中都很温和，我们都打赤足上学。放学回来时，我又从井中提了一桶水，向足上冲下去……

井呵，美丽的井。当我长大以后外出时，在偏僻的小村或小镇上的人家门口，看到一口井，心中便有一种说不清楚的温暖和怀念之情。

那么，这封信就写到这里吧。请您看看行不行？如您认为可以，给您的孩子也看看，请他提些意见。我拿不准，这类文章给孩子们看，是否行？

祝

全家好

郭风

1981 年 3 月 26 日，福州

［首发于《海峡》1981 年第 1 期（创刊号），收入《唱吧，山溪》］

梅花亭的回忆

××同志：

　　谢谢你。来信谈到写有关春节的文章，我很愿意试一试。说真的，我接到来信后，一边看信，一边就想起一些事情来了。

　　每到新春，总不免想起自己的童年。我想起故乡一个叫作梅花亭的地方来。在那里，在河边几棵老龙眼树下，有好几匹马，有白色的马和棕色的马。这是我童年时代对这个地方最初留下的印象。这个印象，至今仍保存在我的记忆中；而且，奇异的是，当我读到来信时，最先从记忆里呼唤出来这个印象……

　　梅花亭是盖在一座木桥上的一座木造亭子，亭子下面是小河。这附近地带都叫梅花亭。记得河边和附近土地上有树，多是荔枝树和龙眼树。记得亭子里和树下，有的过路的陌生的人，坐在那里休息。这些亭子、小河和树以及在桥上的亭子里休息的人，呵，还有那马，我记得在我的童年的目光里，都很新鲜，使我欢喜。

　　我还想起木桥附近的河边，有一家私塾。有一些年岁比我大些的儿童在那里念书。有一位蒙馆先生——私塾里的老师；我记得他经常坐在一只八仙桌前的一只高椅上。他有一把白胡子。他的旱烟管是用很长的细竹子做的。我自己当时已在我家附近的一家私塾里就读了。我记得我当时一看到这位蒙馆先生，就会担心地想起来：这位白胡子老叔公手中的长旱烟管，会冷不防地在八仙桌上敲响起来：啪！啪啪！而且，我这么一想，就仿佛听见了：

"阿桂（这是我当时的小名）！你到野外去抓小鱼吗？把昨天授的《学而》^①给我再背一遍！"

这原是我自己的私塾老师的声音，但此刻却在我的耳边响起来了。你会觉得奇怪吗？我的确曾和我的一位堂兄一起去钓过鱼，地点就在梅花亭附近的河边。我在这里，还得告诉你一下，这梅花亭，只在我的家乡东关外三里左右地方的郊外，很近，但对于住在城关镇里的儿童们来说，那里是一个美好的地方。例如：对我来说，梅花亭一带在我的心目中，便是在我的小天地之外的一个值得向往的远方……只是，城里的一些大人们——至少我知道我的伯祖父、叔祖父、伯叔父们是不喜欢我们到梅花亭一带去的。他们说，那里是"野外"；我当时的私塾老师对我的文学趣味起了启蒙作用，对我有相当好的影响，但他也有这种看法；实际上，他们是禁止我们到城关镇以外的农村去玩——这里面大概渗透某些宗法的、封建的思想以及对于农村的歧视和偏见……总之，至少在我的心目中，像梅花亭一带这样的郊外地方，当时对我有一种诱人的力量。我们常是偷偷跑到那里去的。

但我到梅花亭去，并不是喜欢去抓鱼。我喜欢去看那些站在小河边、老龙眼树下吃草的马匹；不知怎的，我当时心中的

---

① 当时，在我的家乡的私塾里，把《论语》称为《学而》。

确有一种奇怪的想法：如果我能够把正在吃草的马画下来，那才好呢。记得我曾多次在河边上捡起小树枝，就在泥土上用树枝画马，可是画来画去，没能画好；你知道吗？我写到这里，当时感到的一点懊恼味，仿佛此刻又浮到心上来。

后来，我便知道梅花亭原来还是个"马站"所在。那时，连公路都没有。城关镇的人要到黄石、笏石等村镇去，都从这里骑马去。我还听我的堂兄说过：

"还可以骑马到滨海[①]去，听说那里有一座城，站在城头上，能够看到城墙下的海面上，有许多古代的战船！"

我当时多么盼望，自己也能够骑马到滨海镇去；并且，幻想自己手中提着一把长矛，还有一个盾，在城头上参加古代的兵阵，和古代的勇士一起和敌人打仗。

现在，我回想起来，还感到有一种童年的喜悦来到胸中。后来，我真的骑上一匹白马了。你知道吗？在我的家乡，春节时——大约是年初一到初三，乡下有一些马匹，打扮得很好看（例如，马匹的项上挂了许多铃铛），各由一位马夫牵到城关镇来。那年春节，因为我有一位表兄，他当时已经在一家染布店当学徒，过年时身上有一点压岁钱，便由他出钱，雇一匹白马，我们二人一起骑在马背上，由马夫一路牵着马头，和其他儿童一起，出南关门，赴广化寺春游去了。至今我还记得，家乡南关外的田野，和东关外的田野不一样；那里没有小河，却看到一个小湖；又有一片又一片的赤色丘冈，冈上有许多杨梅树。这可能是我童年时代过得最快乐的一个春节了。但是孩子们的

---

① 滨海镇为莆田县沿海的一个镇名。那里在明代是一个著名的抗倭渔村。

欢乐，大多是从大人们特别是蒙馆先生所设置的禁区中猎取来的。你说事情不正是这样吗？

　　祝
全家春节好

郭风

写于 1981 年 2 月 1 日，福州

　　（首发于《文汇报》1981 年 2 月 8 日，收入《唱吧，山溪》）

港仔后日记

港仔后在厦门鼓浪屿的日光岩下，为风景区和良好海浴场。

12月16日

上午二时三十分抵厦门。住鼓浪屿友人处。

就寝前，从窗前的樟树、木棉树的夜影中见天上有个明月。有潮声自港仔后海浴场传来。这时，仿佛有些许诗情来到胸中。

12月17日

晨五时起。用冷水洗盥毕，便往港仔后走去。多年未到鼓浪屿，树影迷离间，一时竟找不到港仔后的道路。好在前面有海潮声。循声而行，绕过两道小径，到底走到日光岩下的广场前来了。广场上，海边沙滩上，路灯颇明，因此夜气虽重，我尚能辨识出来。广场近年栽上多种棕榈科植物了，这很好。这些生长于热带、亚热带的观赏树木，高高的茎顶有孔雀翎一般的羽状复叶。它们所表达出来的某种情调，使我欢喜。

我坐在沙滩前一只游椅上，面对海湾和天空。多年未到此地，对此地海湾和天空，有些许陌生之感。由于夜气重，由于天阴，空中都是阴云，以致海天沉黑。坐了许久之后，忽地看到凝固于天上的暗云松动了。有一颗星，一颗亮度很强的星，出现于云的窟窿间。我无端地有一个想法，以为此刻如果能够用心观察云的变化，心中将得到欢乐。

但是，看着云，仅仅感到自己的联想或想象，一时比较活跃了。先是，我笼统地感到天上有一幅泼墨的中国山水画。其后，感到那里出现一棵黄山的迎客松，其上有一颗星。其后，感到那里出现一座鹰嘴岩？一片椰子林，几辆马车？其后，那里出现一座废城？一座古堡？出现八达岭上的长城？出现古罗马一座圣殿的遗址？而且——我竟然感到，那是保存完整的遗址，其上有一颗苍白的星，有欲曙的天。

想象和幻觉时或相伴而来？它真是很有趣的一种内心活动。

12 月 18 日

晨，五时起。冷沐毕，即往港仔后走去。天上有很多星。我坐在沙滩前的游椅上。忽地想到我曾作一文（发表于哪个刊物？一时竟想不起来），其中写到我对于星空的某种联想、情感。这便是：我曾感到夜空中繁多的星，如百合花、油菜花开放于天庭，等等。但在此刻，呼唤不回来此类联想了。我只单纯地感觉到，此刻所见空中的星，很亮。

凡美，总很单纯、总很简洁，或则，总以平易的方式表达其存在的吗？

（如果有朝一日，我写成一文——不是日记——表达此刻对于港仔后空中的星的感觉，那么，用"很亮"二字，传神了？足够了？）

天上出现曙色时，我看到广场上的散尾葵、华盛顿棕榈、槟榔，等等，诸种热带、亚热带树木，在风中摇动。此刻，它们像在叹息？它们像在赞美什么？一时捉摸不住。

12 月 19 日

晨，五时四十分始到港仔后（贪睡！比前两天迟到至少一刻钟），我看到东边远处有一道暗黄色的、暗红色的光的长带，长约数十丈，横于海上；余皆黝黑，不可分辨。

我注视这道光带许久，想了许久。想不出它是什么，是什么光，是哪来的光。心中有些疑惑。

我走到沙滩上散步，想起一件往事。1973 年秋，我从旅居多年的闽北一个小山村回福州后不久，到鼓浪屿小住多时。一天下午，和一位友人在此沙滩上散步，走到西边快要接近一大堆礁石处，看到两棵枣椰树；友人告诉我，此种树亦称波斯枣椰，可能从北非洲或是地中海沿岸移植过来的。这使我很感动。我至今记得，那时，港仔后颇见荒凉，树木很少，这个风景区好像还在经历着忧患。我看到这两棵热带树木，各自独立于沙滩边的泥土中，有点寂寞，有点严峻，有点不易觉察的傲慢，不知怎的，它们使我欢喜。

我记得，于我不经意之间，友人在两棵树前为我拍下一帧照片。

我又看到这两棵枣椰树了。多年未到此，难得的是我对它们无陌生之感。呵，此刻，它们心中有丰富的情感？它们的性格比较沉毅了？它们有点耽于思考了？

此刻，天上已出现曙色。我看到东边与海平线相接之处，有一道柠檬色的、玫瑰红的光的长带，长约数十丈，其上、其下均为暗云的长带。这一道光的长带，刚才在我的错觉中，误认为是出现于海面的一道光带。现在始知，它实乃日出前反射于天际的冷静的光焰，甚美。

12 月 20 日

晨五时起。沐毕，上日光岩。何以要上日光岩来？要登高看海？看日出？有此必要？不知怎的，登上岩巅后不久，便觉心中不很充实，情意恍惚。

我凭着岩上的栏杆眺望着海。有点奇怪的自我感觉：以为我与港仔后的沙滩和海湾距离远了，海对于我有点冷淡了⋯⋯

我忽地想起狄德罗（Denis Diderot，1713—1784 年）曾经说过："如果没有情感，则无论道德文章就都不足观了，美术就回到幼稚状态，道德也就式微了。"这段话，记得是可能在二十世纪五十年代才记下来的，不知何故，颇为赞赏。

我想，此刻内心欠缺一种情感——或则，是否可以说，欠缺狄德罗所称的一种情感？对此，我以为他指的是一种诚意，一种真诚的情感，因而他才说，无此情感，道德也就式微了。

下日光岩，天已微明。看见岩麓有众多的、繁茂的三角梅，花正盛开。这使我欢喜。我又漫步到港仔后，看见菽庄花园东侧，岩石、疏林后面的天空中，有一片霞彩的光焰在燃烧。

12月21日

晨，五时起。沐后至港仔后。我看见月亮西沉的情况。好像这是初次，我知道月亮有一种朴素的、平易的、温柔的品质。记得1979年春，我曾整理旅居于闽北时暗中所作的一则短文，题作《秋天的晚霞》予以发表。我尽自己力之所及，以最浓的笔墨描绘日落时西天的绚丽和热情，表达自己的内心对于自然美的感知和渴想。此刻，我看到月亮心情十分平静地向西边的海上沉落下去。此时，天清朗，海清朗，四宇普被清光，十分柔和……

我有一个想法，人性的朴质的美，人的谦虚的德行，在文学作品中不易真切表达出来。自然风景中的朴素美，那种柔和中的热情，好像亦难传达。

我看见海滩前不远的海上，此刻有几条小木船，未上帆，其旁有更小的驳船。

在小小的规模中我们能看见美的本形；
在短短的尺寸里也能有完美的生命。
——本·琼森（1573—1637年）：《巨橡和百合》

看到海上几只小船，不觉念起诗来。我想到，我忘记在前些天的日记里记下这样的感觉：当海上看不到船只时，海显得荒漠。

12月23日

冷沐后，发现窗外有雨。我把电灯扭暗。我站在窗前，听见有海潮声自木棉树、樟树的朦胧的夜影间传来。这种潮声，听来好像每刻都传达一种情意……

心中有一种有趣的怀念之情；怀念其实在五六百米之外的海湾和沙滩；怀念曙前独立于沙滩边泥土中的两棵枣椰树。

我站在窗前，随心所欲，想来想去，想得真多。我想，海上此刻有木船吗？我想：把木船喻为开放在海上的花朵，妥否？

我想，海爱雨天吗？我想，从港仔后空中降下的小雨，此刻落在两棵枣椰树上了；小雨滴在它们的树叶上，能弹出一支好听的歌吗？

奇怪的是，我会想起毕加索的一幅画来。在二十世纪二十年代初期，这位一生不倦追求道德美和艺术美的大师，从立体派转向新古典派期间，用不透明的水彩颜料作一幅尺寸奇小的画，题作《海边的两个女人》（1923年）。此幅画，描绘海和天空、风和云以及少女的喜悦。

我想，此刻有两个少女在雨中的海滩上奔跑？如像毕加索所画的……

我想，如果我能够以颜色和线条、光和阴影，描绘一块礁石或一棵树；如果我能够用七弦琴弹出雨的声音……我想到此，心中忽地有点儿童般的害羞，便没有再想下去了。

12 月 25 日

晨，五时起。冷沐后即往港仔后。在沙滩上散步许久，在枣椰树前的礁石上坐了许久。心中不时浮起些许离情，这颇为难受。

早饭后，离开鼓浪屿。

1980 年 1 月 16 日整理于福州

（首发于《收获》1981 年第 2 期，收入《鲜花的早晨》）

悼念敬爱的沈老

近些年来，多次听到茅盾同志身体不好的消息，心中不免有些悬虑。1979 年 11 月间，我到北京参加全国第四次文代会，算是"文革"以后，得能再次看见敬爱的沈老了。我坐在人民大会堂里自己的座位上，专注地聆听他在主席台上念着开幕词，但有时不觉还会摘下眼镜，看看他的丰采和慈容。说不上是何缘故，在我的印象中，竟会认为：这一次所见沈老，比起"文革"以前我几次看见的沈老，精神更为矍铄。心中有些宽慰了。

我去北京之前，自己曾在心中盘算，这一次一定要到沈老和叶圣陶同志、冰心同志的家中去看望他们，哪怕一两分钟也好，当面听听他们的教诲。我甚至想过：是否写封信给陈小曼同志，请她先向沈老问问看，哪个时候他有空，我哪个时候便去？是的，说不清是何缘故，我内心有一种迫切感，很想看看他们，当面听取沈老、叶圣老和冰心同志的教诲。文代会的日程安排很紧，福建代表团的驻地又远在西郊，我只在会场里有机会和冰心同志短谈几次；到文代会闭幕的当晚的茶会上，才有机会和叶圣老简短地谈了几句话。而由于我的不经心，忘了写信给小曼同志，向沈老约定拜望他的时间，到了文代会闭幕的次天，车票已定好，便匆匆离京了。

从北京回到福州后，我曾陆续收到沈老亲笔签名惠赠的
《脱险杂记》（1980年香港版），《茅盾短篇小说集》上、下册
（1980年，人民文学出版社版）等书；在《新文学史料》上，
按期读到沈老的长篇文学回忆录；直到前不久，我还在《文艺
报》（本年第1期）上，读到沈老的《梦回琐记》。从这组文章
的《小引》中，除知道沈老已经数十年服用安眠药外，还知道
他生活、写作的时间，安排得很有秩序，他很体贴家人……我
还以为能从这《小引》中觉察到沈老的健康状况较佳，心中又
很宽慰。这些天来，我才逐渐感到，这正是一位革命运动的先
驱者，一位战士，才有可能一生如一日，忘我地战斗、工作。
敬爱的沈老呵，这正是由于他具有毕生献身于我国革命事业、
献身于我国以至国际的革命文学活动所锻炼出来的革命毅力，
由于他具有对于革命事业的高度责任感，他才能不顾年高体弱，
病魔缠身，不懈地提笔战斗至于终老。

这些天来，我看了许多悼念沈老的文章。我在4月1日的
上海《文汇报》上，看到冰心同志的《悼念茅公》一文，才知
道1921年冰心同志的《超人》发于《小说月报》上，这篇小说
前面的《按语》是茅盾同志写的。我看到茹志鹃同志的悼念文
章，她以无限的崇敬和感激之情，说到沈老的教诲对她的创作
是一种转折的、奠基性的。我还在《福建日报》副刊《武夷山
下》上看到姚鼎生同志的悼念文章；《土地诗篇》是三四十万字
的作品呵，沈老读了，又写了信，这中间的一些情况，我是知
道的。我读了许多悼念文章，感触良多，心中很是激动。敬爱
的沈老呵，不知奖掖、提携多少我国的作家。在他的教诲、关

怀和帮助下，不知有多少后来者满怀革命信心，在文学创作的道路上不屈不挠地前进。

若干天以来，时或有一种哀痛之情来到心中。我想了许多。我也感觉到有一种感召来到心中，有一种看不见的鞭策的力量来到心中。中国作家协会福建分会在筹备召开一次文学青年的创作座谈会。我参与了筹备工作。我觉得应该把筹备工作办好。这些天的凌晨我在准备一份在座谈会上的发言稿提纲，我在这份"提纲"上，不禁写了如下一些话：

……在我们筹备这次座谈会时，我国现代文学战线上的一位巨匠，敬爱的茅盾同志离开了我们。我们无限悲痛。茅盾同志终其一生，以全部的精力和智慧，献给我国的共产主义事业，献给我国以至国际的革命文学事业，他的功勋不朽，他留下的精神财富用之不尽。他临终时给我们留下最珍贵的遗书：我们的心永远向着党！我们将永远记住你的遗言。我们知道，这也是你从一生的奋斗中得来的最珍贵的战斗经验。敬爱的沈老，安息吧！

（首发于《福建日报》1981年4月18日，收入《杂文集》）

芳坚馆、禾四五和池

×× 同志：

　　谢谢你，你又很快把《庭院、四婶妈和小巷……》[1]读过了，并且把你和小勤的意见在回信中都告诉我了。你一直在鼓励我。小勤对这篇文章看得很仔细。她提问得好："老郭叔叔说的芳坚馆是怎么样的？好玩吗？请他在下次来信中说一说，行吗？"

　　在这封信里，便谈谈我对于芳坚馆的一些印象。我想这封信也许会写得稍为长些。你会觉得奇怪吗？我对于芳坚馆的最初的印象，会是一丛种在花坛间的湘妃竹？是好多好多在花坛的砖墙上爬来爬去的蜗牛？是一只在竹丛间跳来跳去的黄莺？那时，我一定还很小吧？是五岁、六岁？那天，是谁带我到芳坚馆来？我都记不清楚了。我怎么一下子看见有很多黑色的蚂蚁，在湘妃竹的竹竿上爬来爬去？这些蚂蚁引起我很大的兴趣了？我蹲在花坛前很久很久，注视着那些爬行的黑蚂蚁，"蚂蚁真多！它们干什么要爬来爬去？它们的妈妈呢……"在当时，我大概在心中这么想着；我大概认为那些蚂蚁都是小孩子……

　　我看见好几只蜗牛在花坛的砖墙上爬来爬去。在当时，这大概又引起我的兴趣了。我蹲在那里，注视这些蜗牛们是怎么

---

　　①　这篇文章，原刊《福建文学》1981 年第 6 期。

玩耍的；它们在我的心目中，多么有趣。我看见蜗牛们都背一只螺形的薄壳，好像小田螺一般在爬行着又爬行着；我看见它们爬到花坛的泥土上去了，又爬行到湘妃竹上去，好像要和蚂蚁一起玩耍了；我写到这里，当时留下的印象以及我幼年时的心情，仿佛都回到我的心上来了。

那该是晴美的初夏的早晨吧？我至今记得，花坛上那些湘妃竹的竹丛间，凝聚着很多很多的露水，给日光照得闪亮闪亮地发光。那时，我太小了，不可能领会晨间竹叶上露水照映日光所产生的某种自然美。但在我的幼年的目光中，这大概也是多么新鲜、奇异而有趣的吧？看见这情景，心中可能有某种幼稚的思索吧……

忽地，有一只黄莺从什么地方飞来，它在竹枝上轻轻地一跳，那些闪亮闪亮的露水，簌簌地从竹叶上纷纷洒下来了。那时，我太小了，不可能领会这一瞬间内，被一只黄莺从竹丛间抖落下来的众多的露水所产生的某种自然美。但是幼稚的心灵，仿佛也被一种说不清的力量触动一下，我不觉叫道：“好看！好看！”

我正叫着，只见那只黄莺从竹丛间飞起来，又抖落了很多闪亮闪亮的露水。我望着那只起飞的黄莺，又叫道：“好看——一只小雀雀（麻雀）……”

我正叫着，忽地感到有一只温暖的手，轻轻地抚着我的头发。我抬头一看，是一位和善的老叔公，他对我微笑，说：“阿桂仔（我的小名）！那只鸟，不叫小雀雀，叫黄莺！”

“黄莺？”

只见这只黄莺已飞落在竹丛旁边一棵蜡梅树上了。这时，这位老叔公又拉起我的手，带我到花坛旁一棵家乡人叫作"仙丹"的花树前，指着叶丛对我说："你看，那里面有一个黄莺的巢！"

我一看，真的看到"仙丹"的树枝上，挂着一只鸟巢。这真是美妙极了。这鸟巢，是把"仙丹"树枝上的两片叶子对缝起来；里面装着绒毛，上面有个出口，好像圆形的小绿球，和树叶一起挂在树枝上。老叔公告诉我，黄莺就像我们的妈妈、姐姐一样，会做裁缝；不过，黄莺是用嘴把树叶的边缘啄了小孔，到处去找棉丝、松针，又用嘴把树叶缝起来，做成鸟巢①……

现在回想起来，大概便是从那一天起，我知道芳坚馆里有一位和善的老叔公了。大概也从那一天起，我便很喜欢到芳坚馆里来玩，很喜欢来找这位老叔公了。现在回想起来，正是在这位老叔公的引导下，我慢慢地看到芳坚馆里有一个使儿童欢喜的花树的世界、鸟的世界。记得有一天，老叔公看见我来了，便拉起我的手，带我到一个种着桧树的盆景前面来，指着叶丛对我说："你看，那里面有一只蜂巢！"

我一看，真的看到桧叶丛中间的褐色的石榴挂在枝间，还看见一只细腰蜂站在巢边，不知道在干什么；一会儿，它又飞起来，在空中兜了一个圈子，又停在桧树盆景旁边一只金鱼缸的水面上喝水——你知道吗？我很小时，便知道细腰蜂能站在水面上喝水呢！

---

① 这种在我家乡通称黄莺的鸟，学名缝叶莺。

　　芳坚馆以一个花墙为界，分为"上庭"和"下庭"两部分，我在上面所谈到的，都是小时在"上庭"所得的一些最初的印象。"下庭"种着许多高大的树木，如辛夷树、香橼树、山茶树，等等。还有一个四边用假山石堆砌的池。池边的假山石隙间，种着吊兰、马兰、菖蒲和萱草；池岸上有一棵高大的荔枝树。记得有一次，老叔公带我到"下庭"来了。他带我站在辛夷树下，指着满披着椭圆形绿叶的树梢，对我说："你看！那树杈间搭着一只'鸟极'①的鸟巢！"

　　我一看，真的看到树杈间，搭着一个大鸟巢。呵，在我幼年的心目中，它是一个很大的鸟巢；至今记得清楚，它是用泥土和树枝、干草做成的；但我已记不清楚，第一次看到"鸟极"的鸟巢，心中是否便很赞赏这种鸟类造巢的能耐和本领，只是对这种鸟巢的确一开始便有很深的印象。呵，我还要向你多说两句，直到我离开家乡前两三年，都还看到"鸟极"在芳坚馆的辛夷树上造巢。至今记得清楚，老叔公也曾带我到池边的荔枝树下，指给我看，那树上有一个斑鸠的鸟巢。

　　"叔公！这园（芳坚馆）里鸟巢真多！真好！"

　　记得有一次，我对老叔公说。

　　"这哪里算多！不多！'瓢湖'才多！"

　　老叔公告诉我，等我长大了，他会带我到"瓢湖"去，那里有很多的杉树、松树，有很高的山，有很多的岩石，有溪流。会看到各种飞鸟、野兽。会看到雉鸡造在草丛间的巢，野鸽做在岩洞里的巢，山雁造在山巅老松上的巢。会遇见麂、刺猬、

---

　　① 这种家乡俗称"鸟极"的鸟，全身披黑绒般的羽毛，嘴啄呈黄色。

穿山甲、山羊、野兔等等野兽在山径山崖间走路、奔跑。他告诉过我，他自己小时，有一次到深山里去砍柴，看见过野猪的窝，窝里有好几只刚生出来的小野猪……

我记得清楚，我小时初次看到这位老叔公时，他有一把白胡子，大概已近七十岁了吧？奇怪的是那么大的一把年纪了，还喜欢谈起鸟呵，鸟巢呵以及野兽来。我现在有个想法：我自己至今也十分喜欢自然界的鸟，要是到山区去，例如，"文革"期间下放山区，在山间看到雉鸟、鹧鸪、大蝴蝶或在山路遇到麂、大蜥蜴、水獭、刺猬，心中便有一种儿童般的欢乐之情油然而生。会产生这种心情，许是小时这位老叔公对我的一种深远影响吧？

话说回来，以后，我知道，这位和善的老叔公，叫禾四五。他的家在离城关七八十里处，地名叫"瓢湖"的深山里，那里也是我家的先辈祖居的地方。不知道在清朝的什么年间，我们家里像我这一辈人（我有许多堂兄弟）的曾祖父随他的父亲（我们的高曾祖父）到"瓢湖"祖家去，高曾祖父在那里著书立说，曾祖父那时还小，便在那里的蒙馆里读书，而禾四五也在那蒙馆里和我们的曾祖父一起读过一点四书，是同学了。以后，我们的曾祖父回到城关，禾四五在"瓢湖"种田，但每年都来做客，直到我们的曾祖父去世以后，禾四五每年农闲时照例仍然来我们家，住在芳坚馆一两个月。

我的年纪渐渐大了。我上私塾就读了。记得我上私塾的那年，禾四五叔公进城，在芳坚馆里住下了。一天，他坐在花坛前，看见我手中拿着一本《论语》来了，便拉我到他身旁，叫我念《论语·阳货》中的一段给他听：

子曰：小子何莫学夫诗？诗可以兴，可以观，可以群，可以怨。迩之事父，远之事君，多识于鸟兽草木之名。

他听了，便为我把文意解释了一番。那时，我到底还小，听得似懂非懂，但多少感受得到，他解释得很认真、严肃，使我多少知道，"诗"（那时，我同时还读着《诗经》），[①] 不仅读起来好听，而且有多么重要的种种作用。特别当他解释"多识于鸟兽草木之名"时，我至今觉得，真是有声有色，十分好。例如，至今我还记得，他说《诗经》里早就说到斑鸠、黄莺、雁、野鸭以及苍蝇，老鼠，讲到桑、柳、兰花、菊花、车前子、萝卜、大头芥，使我眼界大开。我想顺便对你说一下，我对《诗经》中最喜欢的篇章，居然是《十亩之间》：

十亩之间兮，桑者闲闲兮，行与子还兮。
十亩之外兮，桑者泄泄兮，行与子逝兮。

这是因为，禾四五叔公常常在我面前念诵这首民歌，并且告诉我，这首歌谣表达了古代采桑农民收工时的愉快心情，他小时在"瓢湖"上山牧牛或砍柴回来时，便念起这首民歌，好像古代的采桑人收工回来一样。

"我告诉你，乡先贤夹漈先生便出生在我们'瓢湖'！"

---

① 当时私塾里同时授四书五经，其中先授《论语》《诗经》。

有一天，禾四五叔公拉着我的手，说道。至今，我记得清楚，他坐在"上庭"一块假山石上，捋着白胡子，眉目间显出一种崇敬的情意。

"乡先贤？夹漈先生？"

"我讲给你听！"

他讲得很多很多。当时，我到底年小，听得似懂似不懂。大体地知道，这位乡先贤郑樵夹漈先生[①]道德很高，很有学问，他上通天文，下知地理，从盘古、女娲、神农、伏羲以至刘邦、赵公胤，从风雨霜露以至草木鸟兽，无所不晓。这些，当然是把他当时所说的情况加以概括起来的叙述。至今还在我心中留下生动印象的，使我感动的，是他告诉过我，古代的郑樵经常整夜坐在"瓢湖"夹漈草堂[②]附近的一块观星石上，观察星辰的变化，写有关天文的著述……

"乡先贤夹漈先生，在他要写的书里，要是讲到鲫鱼呵、鲤鱼呵、黄鳝呵，自己便跑到溪里去抓条鲫鱼，跑到田边去抓条鳝鱼，端详个仔细，才写下来……"

"真的吗？"

"还会有假的！"禾四五叔公捋着白胡子，"你的高曾祖父回'瓢湖'时——那的，我也很小——便去看过夹漈先生坐过的观星石，也去看过夹漈先生抓过鲫鱼的溪呢……"

"真的？"

写到这里，我想向你谈谈有关芳坚馆"下庭"里的那口池

---

① 郑樵，也称夹漈先生，宋代著名史学家，福建莆田人。

② 后来祭祀、纪念郑樵的祠堂，又传说是郑樵原来读书之处。

了。至今，我还说不上，是不是由于禾四五叔公告诉过我乡先贤夹漈先生下过溪抓鲤鱼的故事，我儿时无意间，也模仿起来了？反正，我曾踏着假山石阶走下池岸，在池边石隙间采下菖蒲、萱草的叶或花朵，取回家里，用"图画纸"（一种轻磅道林纸）描起来。最有趣的是，那口池不大，池中居然有田螺，有小虾，有小螃蟹，还有小鲫鱼，我从来没有抓到小鲫鱼——它们一见到我走下石阶的影子，便躲到水底或池边石隙间了；我也没有抓到小虾；只见它们会一起停在一块浮在水面的小木块上——我当时以为小虾们好像是在搭一只小木船了，感到非常有趣！但我曾抓到不少田螺；它们会爬到池边的石头上，它们会像叠罗汉似的互相叠在一起，爬到池边的石头上，这样，我会一下子抓到好几个田螺，放在口袋里，准备在家里用小铁罐养起来。

有一次，我在那口池的假山石边抓到一只小螃蟹。我把它用麻绳缚起来；又找到一块小石头，把麻绳的另一头缚在小石头上——池岸上有一个小亭，于是我坐在小亭的砖地上，铺过"图面纸"，把小螃蟹放在面前，一边看它的嘴里在吐着泡沫，一边就画起来。

"阿桂仔，你画得不错，可是……"

我抬头一看，是禾四五叔公站在我身后，一边微笑，一边皱着眉头。记得我正要赶快把螃蟹的画收起来，禾四五叔公又微笑着，对我说："你画得不错——可是，把螃蟹画成跛脚螃蟹了，哈！哈！"

随着，他为我指出，我画的小螃蟹少了一对脚。我已记不清楚，那时我是否已离开私塾，进凤山小学念书了，但我回想起来，却记得那是我在芳坚馆最后一次看到这位和善的老叔公了。

这封信写得长了，就到这里结束吧。

　　祝

全家好！

郭风

1981 年 5 月 3 日，福州

（首发于《百花洲》1981 年第 4 期，收入《唱吧，山溪》）

庭院、四婶妈和小巷……

××同志：

　　谢谢你。你对《窗、庭院和井……》①的书画意见收到了；你很忙，我知道这是挤时间写出来的。你在鼓励我。更加使我高兴的是，你把这篇拙作也给你的小女孩小勤看了，把她的意见都写给我了。

　　小勤现在十一岁了吧？她对《窗·庭院和井……》的意见中，有一句话，说得真好："老郭叔叔小时没在他家庭院里看到小鸟吗？他只看到胡蜂、甲虫、瓢虫等？"

　　你知道吗？小勤这句有趣的提问，使我想起白头翁来了。在我家的庭院里，在那棵很老的龙眼树上，有白头翁的家。现在想起来，大约在3、4月间，当龙眼树开花期间，便有一对白头翁飞来了。它们衔着小树枝、枯草来造巢了。我记不大清楚了，白头翁在它们的鸟巢里孵过小鸟吗？我小时，喜欢站在树下，观看树上的鸟巢，以致到现在还有很深的印象：白头翁的鸟巢好像一只褐色的、扁圆形的小篮子，挂在树间。我记得有一年白头翁所造的鸟巢里，还铺上几块白纸，好像白色的床单。

　　那白头翁是很喜欢唱歌的；至今记得起来，白头翁把巢筑

---

① 此篇拙作刊《海峡》1981年第1期（创刊号）。

好以后，便在自己这座新屋附近的树枝上，飞来飞去，用很响亮的歌声，不止地唱着。白头翁不怕小孩子，我站在树下观看，它们照样欢欢喜喜地唱歌，没有飞开。但是，我怎的一直记不起来，白头翁有没有在那巢里孵过小鸟呢？可能在孵小鸟的那些日子里，我正忙着温书；要考试了，实在没工夫来看望我的会唱歌的朋友。

我写到这里，不知怎的，有些许遥远的、童年时代的寂寞感，有一种怀念之情来到心中。我想起，大约在龙眼树收成期间，夏末，白头翁便不见了；它们飞到哪里去了？后来，我念了生物学，知道鸟类中有所谓候鸟，有像燕、雁之类随季候的转换而迁徙的鸟类。白头翁不是候鸟，这期间，它们飞到哪里去呢？

此刻，我还想起喜鹊来了。

在我的故乡，人们很喜欢喜鹊。我记得，天还没大亮，当我坐在我家庭院的石阶上背诵课文时，常会看见有一阵喜鹊飞来了；它们站在我家对门四婶妈家的屋顶上，一个劲地叫起来："鹊！鹊鹊！"

这时，我会看到四婶妈从门内走出来，一边在围裙上擦着手（她刚才在灶间里烧饭？），一边笑眯眯地对着屋顶上的喜鹊们，也叫起来："好呵！喜鹊叫，好呵！"

我的四婶妈，当时已五十多岁了吧。她喜欢在发髻上插着几朵鲜花，茉莉或是金盏菊。她曾经教我许多谜语，但我都忘记了。她教我唱的一首童谣，可能是我最早知道的一首民间童话诗：

　　　天乌乌，
　　　快落雨。（家乡方音，雨念作 fǒu）

公呵拿锄头，河边去挖芋；

看见鱼吹笛，

虾打鼓，

青蛙抬轿，目突突……①

呵，那是每年冬至节的次日清晨吧？按照家乡的习俗，冬至节的当天晚上，各家各户，一家人都围在"灶公"（神）前"搓丸"（一种用糯米粉搓成小丸的点心），次日清晨把丸和红糖一起煮熟，一家人一起吃；还拿了一碗丸，一个一个地往屋顶上丢去，要给喜鹊吃……

这可能是我小时最早听到的一个民间故事了。四婶妈告诉我，天上有一条天河，河东住着一位牧牛的牛郎，河西住着一位在家里织布的织女。他们二人有……（我记不清楚了，当时，四婶妈怎么说的？她是说，他们二人很"要好"吗？）但是，天帝不让他们二人相见，只允许每年"七夕"时会面一次。我记得很清楚，四婶妈还说："那条天河好宽好宽的呵。没有船，没有桥，牛郎和织女怎么相会呢？有一阵又一阵的喜鹊从河边的榕树上飞来了……"

"真的吗？"我听得入神了，问道，"天河边也有榕树吗？喜鹊在树上做鸟窝吗？"

"你听我说，这是故事嘛——有可能的，喜鹊在那榕树上做鸟窝。你听我说，好多好多喜鹊站到天河的水里去，搭成一条鹊桥，让织女和牛郎走到这鹊桥上相会；而且，那牛郎一定牵

---

① 此童谣，以莆田方言念，是押韵的。

着一只牛一起过鹊桥了……"

"真的吗？"我轻声问道。

我至今记得清楚。有一年"冬至早"（冬至节次晨，我的家乡称之为"冬至早"），四婶妈正把一碗"冬至丸"一个一个地往屋顶上丢去，正巧有几只喜鹊飞来了，"鹊！鹊鹊！"它们高兴极了，一齐在吃着"冬至丸"。

四婶妈也欢心得很，笑眯眯地对我说："你看见了吗？喜鹊头顶上的羽毛，真的很少，脱掉了……"

"真的吗？"

她告诉我，喜鹊给织女和牛郎在天河上搭桥，让他们过渡相会——还有，大约牛郎牵了一只牛一起过了鹊桥，踩得喜鹊头顶上的羽毛脱掉了，至今没长齐……

"真的吗？"

你知道吗？不知怎的，直到现在我的心中，还感到喜鹊是一种值得尊敬的鸟。

在我家的庭院里，我记得有各种的鸟飞来。我坐在庭院的石阶看小人书或是温习功课时，抬起头来，有时会看见一只老鹰站在对门四婶妈家的屋脊上，不知在想着什么；有时会看见几只黄鹂飞过来了，在老龙眼树的枝叶间飞来飞去，在啄食什么。我小时还看见过猫头鹰：它们总是天快暗时才飞来，站在四婶妈家的屋脊上；我记得猫头鹰飞起来时，很安静，很轻，没有声音。也不知怎的，直到现在，我想起小时看到的各种飞鸟，便有一种淡淡的、遥远的喜悦之情来到心中。

呵，我想起斑鸠来了。在我的童年的目光中，斑鸠是很美丽的；它们的项颈上的羽毛，好像织起来的一条围巾，上面有灰褐色的、圆圆的小斑点。我记得常常是一对斑鸠一起飞来，站在四婶妈家的屋顶上，"咕！咕咕"地叫着。这时，我会看到四婶妈从门内走出来了，告诉我："你懂得吗？斑鸠叫——不两天，就要下雨了！"

"真的吗？"

记得她还告诉过我，要是听见老鹰"嚯——嚯嚯"地叫，便知道，天快要刮风了。

呵，你以前到过我在家乡的旧居。你还记得来到我家的庭院时，先要走进一条长长的小巷吗？这条小巷，记得我小时，家里人都称它"巷路"。"巷路"的一边，是我的伯祖父、叔祖父以及伯叔父们的家屋，一边是一堵邻舍郑姓果园的墙，和我家各房共有的一座园名"芳坚馆"的小园的墙。在我的儿童时代，这条"巷路"对我也是一个美丽的天地。

因为我家伯祖父、叔祖父的家屋，以及邻舍郑姓果园的土墙都是很老很老的了，墙上有一些小洞。小时，在我心中，感到那些小墙洞多么好。

不记得小时怎的养成一种兴趣，一种习惯？我从私塾——还是从凤山小学放学回来时，总爱放轻脚步走着，怀着一种儿童的奇特的期待心情，盼望看见一只麻雀；又有一只八哥衔着小枯草飞进墙洞中去了……是的，那高处的墙洞内，有八哥的巢，有麻雀的巢。至今想起那情景，还使我感到很有兴味：小时，看到一只八哥妈妈衔着小虫飞回来了，那墙洞里一窝刚孵出不久的小八哥，吱！吱吱！都张开黄色的小嘴，把头探出洞口了……

不记得小时怎的会养成这样的一种爱好：走过这条"巷路"时，喜欢蹲在墙基旁边，从洞口——不知道什么时候，邻居郑姓果园的土墙基上，有了两三个打穿的小洞——去看果园里的龙眼树，觉得从洞口里看来，这座果园里的龙眼树格外美丽。心中想，大概有仙人住在那里？只要仔细看，说不定能看到那几棵老龙眼树后面会出现一座仙宫；心中想，那在树间飞来飞去的白蝴蝶们，那在果园的草地上爬来爬去的甲虫、瓢虫们，说不定是仙人们养的？

　　呵，这封信已经写得较长了。不过，我还想简要谈一下，我小时对于松鼠的印象。从土墙的小洞口里，我记得常会看见松鼠们在龙眼树枝上，跳来跳去。有一次——我记得很清楚，我看见一只小松鼠在树枝上站起来，然后又蹲下去，用前爪抹着它的嘴巴。我看了，心中想，这只小松鼠好像幼儿园的小娃娃，刚刚吃过一块糖，用一块手帕正在擦嘴一般。记得我在小学念书时，教室不远处是学校附设的幼儿园，常常看见小娃娃吃糖，用挂在胸前的一条手帕抹嘴，所以有这样的联想。你会觉得奇怪吧？我至今怎的还会想起自己小时对松鼠的印象呢？

　　那么，这封信就写到这里吧。你看后，如认为可以，还望也给小勤看看，请她提出意见。

　　祝

全家好

郭风
1981 年 4 月 12 日，福州

　　　　（首发于《福建文学》1981 年第 6 期，收入《唱吧，山溪》）

怀茅公

　　1940年间，茅盾同志已成为蜚声中外文坛的文学巨匠。当然，抗日战争更明显地使人们看到他同时是一位坚定、卓越的文化战士、社会活动家。那时，他为了抗日救国而承担繁重的社会活动任务外，还主编《文艺阵地》，是当时很有影响的一个文学期刊。那期间，我在僻处东南的小县城、家乡莆田当一名小学教员，是一位二十刚出头的小青年——这里，让我"岔开"，先谈得稍为远些。大约1938年间，即抗日战争全面爆发的次年，我出于爱国热情，当然，也出于对文学写作的爱好，写了一些散文、诗，表达一种抗议日寇侵略我国土、残害我同胞的激昂、悲愤情绪，这些作品发表于重庆出版的《文艺月刊·战时增刊》和在福建永安出版的《现代文艺》等报刊上。同时，又与二三同好，主要由自己掏腰包办文学刊物《铁鸟之群》（只出两期，便因经费无着而停刊）。总之，抗日的同仇敌忾情绪与文学爱好热情，均很强烈。一日，我偶然于坊间看到零售的《文艺阵地》，并且得知是茅公主编的，喜出望外。也不知何以有此勇气，将一篇题为《地瓜》的描写抗日游击队勇敢、机智精神的散文，投到《文艺阵地》编辑部去了。后来收到一笔稿费，数目相当可观。又记得似乎由楼适夷同志代为汇来。由于战争，邮途阻隔乃至断绝，刊《地瓜》的《文艺阵地》则一直未看到。我是一直到中华人民共和国成立后的某一年，在福建省文联的资料室，看到一册收入中华人民共和国成立前若干重要文学期刊各期的篇目索引的资料工具书时，才知道与《地瓜》同期发出的还有郭小川同志等从解放区投出的作品。1981年，我在厦门大学参加第二届台港文学研讨会期间，才到该校图书馆里找到这期刊物，并复印一份，以后收入拙著《开窗的人》，以资纪念。

尽管很迟才看到刊《地瓜》的《文艺阵地》（第4卷第12期，1940年4月出版），但一想到自己的这篇幼稚的作品，是在自己刚刚走上文学道路上时，由茅公发出，心中一直铭感不已。我又似乎从那时起，总觉得自己在文学写作的道路上探索前行时，身后有一股推动力量，前方有一道火光。中华人民共和国成立后，几次到北京开会，有人介绍和茅公相见，但总以人多，往往只是点点头，不能多谈话。但和他握手时，我自己总感到有一股暖流流过心中，一种激励潜入意识中。

1979年，我在福建主办《榕树》文学丛刊，分别发散文、散文诗、诗和儿童文学等几个专集。发刊时，我请他书写题签；随后，我的一册书名为《你是普通的花》的散文集将由北京人民文学出版社出版，也请他书写书名，他都答应。更有甚者，有友人转托我，请茅公为厦门万石岩植物园书写园名，他也如期寄来墨宝。不止如此，我后来又请他为我写条幅，他后来也寄来了：

红楼梦十二钗画页题诗

红楼艳曲最怆神，取次兴衰变幻频；几辈须眉比狗彘，一行红粉夸琼珍。机关算尽怜凤姐，谗巧藏奸笑袭人；我亦晴雯膜拜者，欲从画里唤真真。

1962 年旧作

郭风同志两正

茅盾 1979 年 3 月于北京

后来，我得陈小曼同志信，才知道当时茅公的眼力只有零点二，他利用晴朗天气为求墨宝者挥毫。他给我写的这幅条幅，一共写了几次，都不满意，一再重新写。我接了小曼同志的信时，激动不已，铭感无可言状，而又不住地责备自己昏聩，不知珍惜茅公的精力、时间！

更使我感动不已的是 1979 年 10 月间，我又收到茅公自京寄来的条幅墨宝：

无端歌哭若为情，好了歌残破凤因。岂有华筵终不散，徒劳空色指迷津。百家红学见仁智，一代奇书讼伪真。唯物史观燃犀独（烛），浮云净扫海天新。

题红楼梦十二钗画册，1963 年旧作

郭风同志两正

茅盾 1979 年 9 月北京

这幅条幅中，"烛"字书为"独"，他在条幅上注明"独应为烛"四个字。我还珍藏一些茅公的赠书。其中《我所走过的道路》，在他生前才出上卷。他辞世后，韦韬、小曼二位同志为我寄来了中卷，赠书的扉页上仍用茅公的图章。

　　一切似乎都很平易、亲切，出于自然。一切似乎都在不知不觉中予人以教化。他的人品和道德力量也在不知不觉中使人毕生受用无穷。

　　（首发于《文艺报》1981 年 7 月 14 日）

北戴河日记

7月15日

上午九时离天津。午后一时许，抵北戴河。我们住在中海滩。傍晚，沿海滨漫行，看见南面天穹间，有一堆又一堆浓云，低垂于海上。不知怎的，我觉得这天阴而未下雨的海湾，神态严峻，好像专注于某种思考。

有一会儿，我的心中忽地出现一点"诗情"，自以为天穹间集合的浓云，正在和海湾商量着什么。那云问海湾：

"下一阵雨，好吗？"

海湾持重，一时未作回答。

寝前，坐窗前，看见外面树影模糊，天仍阴。有涛声隐约传来。我忽地想起有一次在故乡，在一个小小的渔村——平海镇①的情景来了：想起那晚，一轮月亮有如一盏红色的明灯，从海上升起来了，照耀着故乡的海湾和沙滩。

——于是，我看见许多渔船，前前后后，从海上回来了。有趣的是，我还想到：记得是在1965年，也在平海镇，某夜与几位渔民在沙滩上收好渔网，走回村中时，我看见月亮照着古

---

① 平海镇属福建莆田，临兴化湾，有明代的抗倭石城遗迹。

时城墙，将影子投在村前沙地上的情景。这是明代抗倭时所筑的石城，我看见它于深夜中镇静地立于月光中沉思，心生一种崇敬之情。

7月16日

今为望日（夏历六月十五日）。

晨六时起。匆匆沐毕，往观潮亭——它立于我们居处西侧不远的一座临海的小悬崖上。

海潮落尽。在我的目中，此刻的海，好像走到很远的前方探索什么去了。它的后面出现一片辽阔的海滩。天阴，有薄雾。但落潮后的海滩上，有许多人在拾贝壳。我看见还有人陆续走上海滩拾贝壳。

——我希望，他们（早到以及迟来的）都能拾到美丽的贝壳。我想，凡对美的寻求，都应该有收获。

不知何故，我无端地以为这里的观潮亭，大概是让人们观赏海潮进入海湾的景色以及远眺海洋的？我看见远远的海面上，出现了几只形体不一的船影。它们是渔船吗？是炮艇？过路的远航船、巡洋舰？

海上的雾，不觉之间愈见浓重了，但是仿佛能够看得很清楚。海潮回来了，是的，我仿佛能够看见海潮从远方的船只间、从海雾间，携带涛声和浪花——呵，是否也携带海上的船的讯息回来了？

——海潮慢慢地淹没观潮亭前面海滩上的一些礁石了，我看见还有许多人在海滩边拾贝壳，那热情使我感动。

近晚，访文化宫。这里有若干历代瓷器以及明、清年间书画的展出。但我主要是来看看"渤海水产"这个专题展出的。这项展出中，有各种贝类标本，有虾类标本、各种海星标本等等。有一种石芝的标本，为我初次所见，它好像一株山中的灵芝，一朵草地上的菇，却原来生于渤海湾中为海水所淹没的礁隙间。

就寝前，想到海滨去观赏望夜的圆月自海上升起的风景，但天阴。匆匆为自己订下计划：在这里的日子里，除晨昏时分到海滨散步、游览外，其余时间均作读书之用。

7 月 17 日

晨五时起。沐毕至观潮亭。我看见有许多蜻蜓在亭前的岩石间，低低地飞来飞去，又看见岩隙间一丛一丛的青草，正开放黄色小花，有许多小蜗牛在草叶上爬来爬去。不知何故，我竟以为此岩石和青草中间有一个童话世界。

雾重，海上能见度极差，乃返。

早餐后，作家信。投邮后，顺路至观潮亭。始登亭，未坐定，顿然觉得风声大作，自海上澎湃而至，顿然看见有浓黑色的、暖灰色的云和雾，自海上汹涌而至，顿然听见有大雨点急骤落在亭上，岩石间和附近松林间，顿然感到整个海湾和天空在喧哗。这猛然来临的大雨使我欢喜，我在亭中坐下，心想：唔，海和渤海湾上空的浓云，几天商量，此刻决定落下一阵如此豪放的、气势磅礴的大雨来了。

向晚，雨止。雾仍重，原想漫步至海滨公园，看看晚雾的情景。行到半途，看见路左有一座小园林，门上标出，彩灯花卉展览，便进入参观。只见园中的回廊间，挂着各色宫灯，其中有传统的走马灯。在灯光下观赏开花的君子兰、龙爪兰，观赏开花的大理菊、扶桑、东洋菊、木槿以及茉莉，使我感到此园林中此刻有一种民间节日的情意，有一种颇似民间元宵花市灯市的情意。

7 月 18 日

晨雾。五时起，沐毕往海滨公园。这里有一个荷花池。我看见在雾中开放的荷花（作粉红色），不觉想起八大山人来。不久前，即上月初旬，过南昌时，曾访青云谱：这原来是一个道院，八大山人曾云游于此。青云谱展出八大山人各个时期的书画，其中有若干荷花图。我有一个印象，凡八大山人所作荷花（例如《荷塘一角》《荷花小鸟》《居敬堂瓶花为画》以及《河上花图卷》等作品中的荷花），无论含苞、盛开或者花已凋谢，荷茎均作长条状，恣肆地伸入空阔、自由的空中，表达隐秘于荷花心灵间的某种渴望和思慕，表达艺术家自己的某种理想和同情心……

画中的荷花，比目前池中的荷花，在我看来，更为动人。作为十七世纪我国杰出的现实主义写意画的艺术家，他的直接体现于创作实践中的某些美学思想，值得我认真加以思考。我以为他的作品有一种理想主义色彩，不屑追求表面逼真，而更具真实感。

早饭后，读《卓别林自传》。我很喜欢这位大师对于童年生活的描绘。这些描绘间，自然流露他对于母亲的真挚感情，以及那种从童稚的目光中所见社会生活的不公正现象时所用的嘲讽笔致，也使我赞赏。我一口气读了一百余页。忽地动念：是否到西山（莲蓬山）一游？乃掩卷起行。从中海滩西行不消三十分钟，便到山麓。随即沿着山路缓缓上山，五十分钟，抵山巅的观海亭。人称，立亭中可以眺望北戴河水流如带，可以眺望渤海湾的海景以及浮于海水间的碣石山。然此刻坐亭中，只见海上蒙着雾，低垂着云。但是，这不要紧……我在心中有一个感觉，以为此刻海上的云和雾所笼盖的渤海湾，有如我站在庐山龙首岩上所见山谷间的云海。我想，似乎不一定要看看人人称道的风景，自己能看见为他人所忽略的风景，能在普通的云雾或者树木间看见美，不是也很好吗？

从亭下林间不止地传来古钟的鸣声。便离开观海亭，匆匆往访观音寺、钟亭，乃返。

向晚，访碣石园。此园林尚在整修中。但已种上各色鲜花，如木槿、锦葵等。草地上有鲜花，如蓝色的野菊等。有胡蜂在狗尾草间飞来飞去。我倒感到这里有一种野趣。园中有一座土阜，又有一座草亭，均布置若干椭圆形的、扁圆形的、褐色的、暗绿色的大石头。这些石头，是从碣石山上搬来的吗？不知怎的，忽然想到，它们也许是几亿年前从银河间坠下的石头吧？想过，又在心中暗自失笑。

7月19日

晨四时起。天上有明月、疏星。沐毕，决计去看看老虎石。从住处东行，下一小坡，隐隐约约看见有一大群岩石从海滩上一直伸入海中，远望好像一道长长的海堤。行近，在朦胧的月色中，看见在几棵小松的树影下，有一岩石，其状颇似一只老虎，面向海洋卧于海滩上。过此块岩石，前面是一堆又一堆的大礁石，成阵地排列到海中去。人称，这是一阵石头的老虎——即这些礁石好像一阵老虎列队行至海上游泳或且沐浴。

此刻，是否我的想象能力（联想能力）枯竭了？或则，欠缺某种慧眼？我借着月光，一直走到伸入海上的最后一堆岩石，看来看去，未发现其中有一块石头状似老虎。不过，我的心中甚感舒畅，在我的目中，这些石头有某种为我所表达不出的美感。我甚至有这样的感觉：以为这些坚硬的石头，这些亘古以来不动地屹立于此的石头，它们有某种内在的德行，一时为我所未能充分认识。

天上已见曙色。我坐在礁石上，看见天上出现一片又一片的云彩，有的呈柠檬黄，有的呈玫瑰黄、麦黄，有的如一群蝙蝠，有的如一只龙。不知怎的，这些曙明时的云的形状、色彩，使我联想到一些古代寺院的藻井以及庙宇栋梁上的彩绘，联想起某些民间剪纸，具有某种图案艺术的装饰美。

这些云的色彩、形状，微妙地、不易觉察地变化……

我看一下表（我手上的"电子表"，每日误差一至两分），约五时十分。我看见一轮红日从东面山峦的树影、岩影后面，从一层暗红色的云霭间升上来。它的光线柔和，可以逼视。呵，有如一种日常习见的现象，今天早上的太阳，平易地、谦逊地升上来了。我想，千万不要多花笔墨在自己的日记上来描绘了。今晨，我在北戴河看见的是一次日出的朴素的风景。

就寝前，读毕《卓别林自传》，当然，他是一位思想家。在这部揭示心灵以及艺术观、道德观的传记中，我发现这位伟大的天才，多次感叹人们缺乏识见和失去审美观念，多次抨击对于人类失去道德责任感的人。但他的心对世界充满一种光明的希望。

7 月 20 日

午，至观潮亭。看见与远方的天相接处，海作深蓝色。临近海湾处，海作碧绿色，又作浅蓝色。再近处，那淹没沙滩的海水，呈淡金色。天空间，无一片云彩，作晴朗的湛蓝色。此刻，是我到北戴河以来，海看得最分明，而天色又最清明的一天。

不知怎的，我忽地想起奥古斯特·罗丹所说的一段话来：

"啊！我们的社会将要多么快地把过去存在的错误与丑恶除掉，而且我们的世界将要何等迅速地变成乐园！"

1981 年 7 月

［首发于《人民文学》1981 年第 10 期，收入《八十年代散文选（1981）》《灯火集》］

南昌三题

一朵火焰

6月4日。上午七时左右，抵南昌。友人为我安排的居室，临八一大街。我很喜欢这条街道上成荫的梧桐。

从窗口可以远眺赣江，可以望见八一纪念碑和广场。来到这个城市，我有这样的感觉：一种荣耀之感，一种庄严之感。

近晚，南昌微雨。我在心中忽地又想，这个城市，像一朵不会熄灭的、光明的火焰，照耀在我国的大地上，照耀在人民的心灵间。

枪声

6月5日，上午，瞻仰朱德同志的故居。这里，那小小的天井和厅堂，那厅堂里的行军床和古旧的八仙桌，均使我深受感动。这里，一切如此简朴，一切均使我感到如此平易近人。

一座陈旧的、寻常老百姓家的居屋。1927年南昌起义的前夕，恩来同志和朱德同志曾经于此相见。我们党有关武装起义之壮丽的战略思想，曾经于此深入商议、探索，于此决计付诸实践。

又访八一纪念馆。在馆前摄影时，我在心中忽地想道：南昌起义的枪声，至今还在宣告：为中国人民的自由和解放，我国无产阶级和它的政党，能够和全国人民一起，打碎一个旧世界，建立一个新世界。

访青云谱

6月5日。下午，驱车访青云谱。这里，是一座园林，有明代的樟树和罗汉松，有竹林和林中小径，有茅亭。这座园林像一幅中国画而又富于生动的野趣。

得到很大的美学启示和美的享受。在这里的八大山人的书画展览馆里，许多画，令我从内心赞叹不止。他的艺术如此富有独特感和民族感。他的笔墨如此简洁、洗练。我在一幅条轴前站立许久，此画整个画面只有一只游鱼，使我想到画中的鱼正游泳于无限的江河之间。我在一幅条轴前徘徊许久，此画只有一只鸟站在一只莲蓬上，画面空间无限大，使我想到此鸟正在思考整个宇宙。

（首发于《文学报》1981 年 12 月 31 日）

马尼拉书简

一

××：

送走了卡迪格巴克夫人以后，已是菲律宾时间晚上九时半了。

你知道，我喜欢早睡，为的使我次日能够很早起来。晨间往往有美好的思想和诗情来到心中。没有想到，这一天中所看到的美好情景，此刻会像诗一般来到我的胸间，使我忘记是应该休息的时刻了。

我最初想到的是北京的雪。今天拂晓，我们的汽车开过北京机场附近的郊区时，看到一棵又一棵苍郁的松树，树枝上覆盖着积雪，树下的泥土间也铺着积雪，在曙明中，和一盏又一盏明亮的路灯，不断地掠过去。我觉得这雪景动人，有一种中国画的画趣，使我欢喜。

我们的飞机从广州白云机场继续起飞后，在南中国海上空时，从舱里看到的云海，不是白色的，而是金黄色的，有如无限展开的成熟的稻田或是玉米地。是时，我的心中有一种庄严之感；是时，我设想我国明代杰出的航海家郑和及所率领的船队，曾经在这无垠的积云下面的大海上向南航行。

一时五十分左右，我们的飞机已飞临马尼拉海湾的上空。我看见吕宋岛上绿色的山脉，停泊于海湾内或正在行驶的商船；看见那些摩天楼，那些椰子林、沙滩以及在热带的阳光中开放的鲜花。我在心中念着——我来访前在一本菲律宾画册上看到的一句英语：Philippines, where Asia wear a smile!（意即：菲律宾——亚洲一个展露微笑的地方！）

我们的飞机降落于马尼拉国际机场上了。我们是来寻求友谊的，而在机场上，我们立刻为友谊和微笑，为阳光和鲜花所护卫，菲律宾作家协会的友人们拥到机梯前，和我们亲吻、拥抱，把茉莉的花环挂在我们胸前。我知道，茉莉是菲律宾的国花。

××，我刚才送上汽车的卡迪格巴克夫人，是菲律宾作家协会现任主席。她和其他一些作家就在旅馆的餐厅里为我们举行简朴的欢迎晚宴。我现在要告诉你，我们所住的旅馆是菲律宾大学发展经济中心的一所内部招待所，不久前刚刚落成。它坐落于城郊区，很清静，平时只接待一些国外的学者、教授。听说联合国教科文组织的一个区域性的会议正在这里召开，我们来时，便看到穿着民族服装的来自印度、巴基斯坦的女学者正走上楼梯。

顺便告诉你，我很喜欢这所旅馆里的一口池。池中养着睡莲、水浮莲和很多彩色的鲤鱼。不知怎的，这口池仿佛能够引发我的童话一般的想象。此刻，从铝质的百叶窗间，我看到一个如弦的明月正悬挂于马尼拉的上空。信就写到这里吧。

遥祝晚安。

二

××：

　　到今天，我们已在菲律宾四天了。我每天都很早起来，然后在旅馆附近的热带花树林间散步。有一次，我走到菲大女子部宿舍附近，那里有很大的草坪；有一口池塘，其中的睡莲开的是紫色的花朵。又一次，我散步到一座教堂前，它叫基督受难教堂；远望却像一座现代化天文馆，有一圆形的白色屋盖。教堂里点着圣烛，有人在祷告，或是在忏悔？我觉得四面巨幅的，画着钉在十字架上流血受难的基督壁画，仿佛有一种西方现代派画家的某种画风。

　　这里的鲜花给我美好的印象。我的心中曾隐藏一种愿望：什么时候能够到斯里兰卡去看看热带兰花？这项夙愿此次却在菲律宾得到实现。色彩丰富、花朵大小不一的各种热带兰花，使我感到赏心悦目。我看到这里的鸡蛋花树（种在篱边或宅后），开着白、黄、紫红、深红、墨红、咖啡色等各种色彩的花；这几天内，还看到菲律宾人称为 Santan 的观赏植物，开放白、金黄、深红、粉红、褐色等各种色彩的球状花朵。

　　这四天间，除参加一些文学座谈之类的活动外，参观了若干名胜。到马尼拉的次日中午，访问 Nayouy Philippino——可译为农村公园或菲律宾村，并在那里午餐。这个公园或村庄里，种着很多热带阔叶绿树以及椰子林和鲜花。林间出现梯田和山村。时或出现用石头和泥土堆砌以及种上绿草的几座菲律宾著

218

名火山的巨大模型；我看到烟雾缭绕于林梢和大谷地火山模型的山巅，颇具真实感。林间时或出现菲律宾一些主要少数民族以及一般山区、村寨的富有民族特点的住宅建筑。例如，我看到的一座棉兰老岛少数民族的村寨，其住屋造型颇近我国傣族居住的竹楼，但为木结构。屋旁有木钟。屋内正在举行婚礼，音乐师正在击鼓和打击乐器。有一个穿着民族服装的伴郎舞着华盖伞，和聚居福建的畲族的婚礼舞极为相似。主人尼娜·维瓦·波瑞夫人招待我们午餐的那座石造屋宇，据说具有南部诸岛的建筑风格，但略带西班牙风味。我要向你说，正是充满菲律宾风土、民族风俗以及民族艺术气氛，使我对 Nayouy Philip-pino 怀着良好的印象。

我还得约略谈一下，在这座独特的公园里，有一个鸟类馆。它实际上是一座用网围起来的树林。树上有人造的鸟窝。我只见到许多八哥和一些鱼鹰；有些鸟躲在林间唱歌，看不见。馆内有一口池，睡莲开着紫红的花朵，也引起我的兴味。

我们到过著名的黎萨尔公园和圣地亚哥要塞。所谓圣地亚哥要塞是西班牙人侵占菲律宾时代的遗迹。这是一座古堡，现尚保存石筑的城墙、地牢、城堞以及若干有关建筑物的断垣，还有若干古炮。我以为到了此处，不会使人发思古的幽情，而会使人想起：凡损害他国人民的利益和尊严，侵犯他国人民领土和主权的行径以及凡欲称霸者，不管以何种方式出现，以及是否得逞，均将作为可耻记录载入史册。黎萨尔公园和此座古堡相近，菲律宾人民的国父——黎萨尔的铜像立于公园中。我在铜像前，想起鲁迅先生很早便把黎萨尔的诗和他的爱国主义思想介绍给我国人民，心生一种崇敬之情。黎萨尔公园和圣地亚哥要塞都有美丽的草坪和树，是很好的休息和散步之处，或许又是适宜于思考历史的地方。

这封信是在晚上写的。晚安！

三

××：

我们到碧瑶市去三天，又到里巴市去一天。碧瑶是菲律宾一个著名的避暑胜地，是一座在山岩和松树林间建筑的城市。我们曾在里巴市附近卡迪格巴克夫人的家里度过一个充满友谊的下午。关于我在碧瑶和里巴的某些感受和印象，是否等我回国以后当面和你谈谈，或者把我的日记略加整理，给你看看。

我们回到马尼拉的次日，即 24 日下午，一个被菲律宾气象部门称为"安宁"的强大台风袭击吕宋岛。我们正在菲律宾大学校长办公室的客厅里，与该校创作中心的成员进行非正式的文学讨论会时，只觉得走廊间的厚重帆布帘在猛烈摇晃，屋外的林木在呼啸。近半小时左右，我们在蜡烛光中交谈，随后电灯又亮了。所谓非正式的文学讨论，就是一种三三两两自由结合的、无拘无束的交换意见。我和一位学者（可惜我忘记他的姓名，当时彼此均忘记交换名片）谈到里巴市天主教堂的壁画和圣母像，菲律宾的木雕和少数民族的服饰；谈到杜甫和李商隐的诗；谈到二十世纪初叶风行于西欧的超现实主义画风，云南石林的自然美以及云冈石窟雕刻的造型艺术等等。

有一会儿，这位学者离座去喝咖啡茶，我忽地在心中暗自想道：刚到菲律宾的次日凌晨，我发觉马尼拉有瞬间的、轻微的地震；此刻又遇到强台风——菲律宾有众多的火山，西太平洋是形成台风的"发祥地"，但这种地理环境有可能铸造人民，使之具备这样的性格：坚强和不畏暴戾。你说是吗？

这些天来，我们又到过马尼拉附近的一些胜地。百胜滩瀑布闻名于世。28日中午，我们在瀑布旅馆午餐。看到窗外有一条河，岸边的丘陵是绿色的，全是郁郁葱葱的热带林和热带蕨草。河水涨了，有人牵着两匹棕色的马涉水过河。岸边停着许多有彩色布帆的木舟。我随后知道，这条小河便是通到百胜滩瀑布去的，但河水涨了，木舟不能逆流上溯五六里水路，开到瀑布倾泻的岸边。主人为了我们的安全，建议临时取消日程中的这个项目。我们当然同意了。

卡迪格巴克夫人陪同我们到百胜滩来。当她建议取消去看瀑布的项目时，她曾顺便向我们介绍：在百胜滩瀑布的山地和临近海湾之间的一个地带，考古工作人员曾发掘出中国明代的瓷器、陶器以及古钱等文物，那个地带可能在十四五世纪是中菲人民聚集的商场。她表达了这样一种看法：中国人民在人类远洋航海的早期，便来到菲律宾，和菲律宾人民进行商务和文化交流；她还说，菲律宾人民中有古远的中国人民的血统。

从百胜滩瀑布旅馆出发，车行约半小时，我们来到一片广阔的椰子林。车在这片椰子林间的公路上行驶，有时会望见前方远处的、西太平洋的海景。著名的埃斯克迪罗别墅便在这片椰子林里；它现在是一个博物馆，一个颇为别致的博物馆。馆前的草坪上有一尊看来是所罗门的塑像，线条豪放。走廊上悬挂着一副鲸鱼的脊椎骨。馆内有各种专题陈列，有从大约十二世纪以来雕塑的各种流派的圣母像的专题陈列，有菲律宾人民有史以来所用的武器的专题陈列。在这个陈列室里，我徘徊了许久，看到古代菲律宾各部落人民用以抵抗外侮和打猎的矛、盾、梭镖，看到菲律宾人民为独立而斗争所用的枪、炮，心生一种崇敬之情。馆内也有热带蝴蝶的专题陈列，我觉得那些蝴蝶是很美丽的。我们离开这个博物馆时，和其他一些旅客一同坐了牛车在椰子林里游玩，看到这片椰子林里有一座古老的教堂，一个游泳池，一所小学和一所场内排列许多木雕的大熊、猴和野兔的儿童游戏场。

我想告诉你，我们从碧瑶市回到马尼拉后，仍然住在菲律宾大学发展经济中心的旅馆里。回来时，我看到旅馆里那口养着热带鲤鱼的池边，摆上一棵圣诞节树了。晚安！

四

××：

在菲律宾总统府前面的草坪上，我看见一棵巨大的榕树，这棵榕树上长着很多青苍的、蕨草般的热带植物。

28日晚，马科斯总统和马科斯夫人邀请我们参加菲三军参谋总长威尔将军的儿子的婚礼，宴会毕，总统和总统夫人和我们交谈，气氛热烈友好。29日上午十一时，我们应邀到菲律宾总统府去，在总统夫人的书斋前面的客厅里和她会见。我以为这样的会见是有益的，我们相互表达了由衷的友好情感。

马科斯夫人对于作家的社会地位，对各国作家的互相访问在增进各国人民之间的友谊和了解方面所起的作用，给予崇高的评价。作家是从事精神劳动，致力于建设精神文明和人类灵魂的崇高事业的。因此，她说："从这个意义上说，作家代表团来我国访问，比起其他代表团，诸如军事、经济代表团远为重要。"

我们和马科斯夫人谈论文学、艺术的美学原则等问题，认为一个国家、一个民族应该追求美、创造美；文学艺术应该是美的，应该表达人民内心的美，"美的另一个称号或代名词便是文学、艺术"。

我们从总统府告别出来，途中有位同志说，此次会见为时四十分钟。记得总统夫人还谈到，西方某些发达的资本主义国家在精神上、文化上是空虚的，而在追求精神美和建设精神文明方面，菲中两国人民居于领先地位。菲律宾历史上长期受过外国殖民主义势力在政治上的压迫以及精神上的摧残，但一直在斗争。从我们所接触的菲律宾人民以至政府官员中的有识之士，都表达了一种国家自强和民族自尊的感情，一种建立高度的民族精神文明的愿望。这样的感情和愿望，是动人的。

马尼拉海湾的落日风景，被公认为是十分美丽的。12 月 1 日午，我们乘坐的汽车沿着马尼拉湾岸上的大街直往机场开去，我们要归国了。从车窗里看到海岸上的椰子林，心中设想，如果能够再次来菲律宾访问，那么从椰子树间观看马尼拉海边的落日和彩霞，一定赏心悦目。

我要告诉你，我们归国的飞机在南中国海上空时，是下午六时左右了，从舱窗里，我看见西边有一道极长、极长的柠檬黄、玫瑰红的光带，把上面暗蓝的天空和下面灰蓝的海以及大地分开。而在暗蓝的天穹间，出观一个黄色的上弦月。这时，我们已在祖国领海的上空看到自然界（或且宇宙间）的很有气魄的黄昏景色了。

　　这封信是回到北京以后的次日清晨在旅馆中写的，我急于把信发出，算是归国后的平安信。就写到这里吧。晨安！

　　（首发于《人民文学》1982 年第 2 期，收入《杂文集》）

访菲观感

小引

去年 11 月 17 日到 12 月 1 日，我作为中国作家代表团的一位成员，到菲律宾访问。除马尼拉外，到过碧瑶市（Baguio City）、里巴市（Lipa City）以及一些乡村。

在以下几则短文里，我想向福州市的读者约略谈谈我对于有关文化、教育以及市政建设的某些观感，我以为菲律宾在这些方面的某些情况，也许有借鉴之处或参考价值。

关于种花

菲律宾长年如夏。那里照耀着强烈的阳光，时或降落热带的骤雨。那里有很多花卉为我所未曾见过。

在马尼拉时，我们住在菲律宾大学发展经济中心所属的一所内部招待所。这个招待所一般只接待国外来菲讲学或参加国际学术会议的学者、教授、研究生，它坐落于奎松市（Queen-City），实际上是在马尼拉市的郊区，环境清静。住在那里期间，每天早晨，除漫行于林荫道之间外，我有时也散步到菲大教授或居民的住宅前去，看看他们庭院里栽种的热带兰花、它们开放各种色彩的花朵。

在马尼拉的市中心区域的某些人行道两旁，以及某些住宅区的墙内，我们的汽车经过时，从车窗里往往看见鸡蛋花（学名为：Plumeriarubra L.cv. Acutifolia）的花枝在迎风摇曳。我在厦门大学的校园里，曾看到鸡蛋花树，只有红色鸡蛋花和黄色鸡蛋花两种。在菲律宾，鸡蛋花则有开放白色花朵以及开放深紫色、深红色、深黄色花朵的许多品种。栽种众多的鸡蛋花树以及为我所不知名的花树，使城市的色彩显得十分绚烂。

给我以良好印象的是，许多村镇的住宅附近，也种着各种鲜花。我们曾访问过一个湖上渔村。这个渔村的房屋，都是一些盖在湖畔的浮脚木楼，渔民的生活相当贫困，他们的门前也安放许多盆花。

我以为，在城市以至村镇和居民住宅区，种植花木对美化环境和丰富人民的精神生活，其作用是不言而喻的。写到这里，我想起去年夏天在北戴河度假时，看到那里市区的人行道两旁，通到西山去的公路两旁，整齐地栽种着一棵又一棵黄山松；看到中海滩到处种着开放各色鲜花的木槿；看到海滨公园花圃里所种的太阳花，开得灿烂夺目……我以为北戴河在环境的美化方面，颇具我国北方海滨城市和游览胜地的特色，使我欢喜。

"乡村公园"和鸟类馆

到马尼拉的第二天，菲律宾作家协会的主人便陪同我们去参观"乡村公园"（或译作菲律宾农村）。这个很有特色的公园，就在马尼拉国际机场附近不太远之处，据说外国宾客在到机场准备乘班机离开国境之前，往往腾出一些时间先到这里来参观。

这个所谓"乡村公园"占地颇大，园中到处是椰子林、热带阔叶林和各色花树。有人说过，这个公园实际上是菲律宾某些地理环境、少数民族聚居的山区、村寨的缩影。我们的汽车从林荫道间穿行而过，可以看到梯田和山村，看到村寨的富有民族特色的住宅建筑和乡村的天主教堂；可以看到马容火山的山巅在椰子林后面，烟雾缭绕，它实际是用石头、泥土堆积起来的、种着树和草的巨大模型，但颇具真实感。关于"乡村公园"的情景，我在《马尼拉书简》（刊《人民文学》今年2月号）中有较详尽的介绍，这里就不必再谈了。不过，我还得说一下，对于这个公园兴建的缘起如何，我虽然不清楚，但它仿佛是一册描绘民族风俗和歌颂乡土的生动课本，在这一点上，我以为是十分可取的。

此"乡村公园"内，有一个鸟类馆。这个公园的负责人尼娜·维瓦·波瑞夫人和我们一起参观鸟类馆：一个大网把一大片树林围起来，四周有池塘和小河。我们经过一座小桥进入这座鸟的天堂，看见有许多八哥在飞来飞去，听见各种鸟声，但因林密，看不见是什么鸟在唱歌。

我们从鸟类馆走出来，便乘汽车离开这个公园。车行中，不知怎的，忽然会想起去年中秋节在福州的一个茶话会上我自己的一次发言。那天，主持人要我发言，我看会上有生物学家，还有其他专家、教授，我便提出一个建议：可否把建兰定为我省的省花？可否把八哥、喜鹊或者猫头鹰定为我省的省鸟？各县（市）可否也各自把某花某鸟或某种兽类定为县花、县鸟……召唤全体公民共同爱护？那是一次即兴发言，但平时在我的心中确有此种考虑。我以为，我们应该想办法让我们的儿童、少年们从小爱花、爱鸟、爱大自然；我以为人们爱科学、爱乡土、爱祖国以及爱美的品德和情怀也许正是从这中间培养起来的，社会上某些公德和风尚也许能从这中间微妙地形成起来。

我写到这里，又忽然想起：厦门万石岩的植物园，很有特色，如果那里也兴建一座鸟类馆，把出现于闽南一带山间和海上的禽鸟养在馆中，让它们在其中飞去飞来和自由唱歌，那该多么好。哦，对了，我还想说一下，植物园、水族馆以及鸟类馆，我以为是对人们，特别是对少年儿童进行科学知识教育，进行爱大自然、爱乡土的教育，进行美育的很好天地。

关于名人故居

菲律宾人民的国父——黎萨尔先前的故居，是一座朴素的二层洋楼。楼屋的后面有一个种植热带花木、果树的园地。

黎萨尔故居看来相当完整地保持着原来的模样。我们来到这位菲律宾近代史上的著名革命家、爱国主义者，著名医生和作家生活和工作过的住宅，感到很亲切。不知怎的，我到了黎萨尔故居，会想起鲁迅先生和鲁迅先生在北京的故居来。也许这是因为鲁迅先生早在二十世纪初叶便向我国人民介绍了黎萨尔的作品和他的爱国主义思想；另外，也许还因为鲁迅在北京的故居，也完全保持原来的面貌，使瞻仰鲁迅故居的人感到很亲切。

写此篇短文时，我已归国许久了。回想起来，黎萨尔故居的一口井，就像北京鲁迅故居庭院里的那两棵紫丁香树一样，在我心中保存新鲜的印象。黎萨尔家的炊事房设在二楼，从窗口将一只大桶系上长绳往楼房下那口井里汲水，然后又吊上来……这使我感到很有趣。我还记得那一楼靠近边门处，安放扬谷风车、石臼等整套手工碾米工具，这些工具的造型近似于我儿时在故乡莆田村间所习见的，这除了使我想起菲律宾人民在十九世纪末叶的生活情景外，又使我感到别具某种情趣。

开放名人故居，包括学者、思想家、作家以至民族英雄的故居，当然不仅仅是为了纪念他们，同时更是对人们进行教育的很好场所。我想再重复说一下，北京鲁迅故居和菲律宾黎萨尔故居给我的印象颇深：我感到好像到了寻常老百姓家的住宅一样，有一种容易亲近的引人力量，有某种品格方面的感人力量，有一种使人从心中生出自然地崇敬之情的力量。

榕树的联想

去年 12 月 29 日上午，我们来到菲律宾总统府。马科斯夫人在总统府里她的书斋前面的客厅里会见中国作家代表团全体成员，我们互相之间表达了友好的情意。

我在《马尼拉书简》（见《人民文学》今年 2 月号）一文中，有一段文字，如此写道："在菲律宾总统府前面的草坪上，我看见一棵巨大的榕树，这棵榕树上长着很多青苍的、蕨草般的热带植物。"我对这棵榕树的印象的确很深。在《马尼拉书简》一文中，我来不及更详尽地描绘一下我对于这棵榕树的感受。首先，我一进入菲总统府，这棵榕树便使我有一种亲切之感；它看来是一棵古老的榕树，像对那样古树怀着美好的情意，我想，对于这棵生长在邻邦国土上的古树，将和我所喜爱的事物在一起，长久地留在我的忆念之中。这棵古榕被很好地保护着，用花岗石在它的四围筑着一道牢固的护墙。

我想起前年初冬时节，到我国古代文化名城扬州时，汽车刚进市区时，看到一座古塔和两棵据说是从唐代生长至今的古银杏树，心中真是欢喜极了。我国人民有一种保护古树的良好传统，这标志一个国家、一个民族文化修养的水平。

顺便在这里记下这么一件事：不久前我路过故乡莆田，当地有关部门给我一份该县文物保护单位的清单，看到把一棵宋代的荔枝树和一棵千年的古樟树列为文物保护项目，使我欢喜极了。

关于草坪

我们参观过的菲律宾村（或称乡村公园），有很好的、广阔的草坪；我们访问过的圣地亚哥要塞和黎萨尔公园，也有很好的、广阔的草坪。

我们的汽车经过奎松市的一些公共场所，一些市街附近的广场里，都可以看到有广阔的草坪和彩色的鲜花从车窗外掠过去。

我觉得这样的草坪——绿地，和各色鲜花、林木在一起，的确能使城市显得柔和起来。

我在一些画片里，看到西方若干著名城市，例如巴黎的凯旋门周围，西班牙马德里公园里，德国阿荼灵堡的附近，都有修整得很好的绿地——草坪。

我们在考虑城市建设时，需要把栽种花木以及如何在一些公共场所，在博物馆、图书馆、古迹以及居民区设置绿地——草坪的计划，作为一项重要内容予以考虑。一个城市有较广阔的草坪，会令人感到这座城市有一种从容不迫的风度。

关于博物馆

里巴市是菲律宾作家协会现任主席卡迪格巴克夫人的故乡。我们到那里时，该市市长在市政府举行欢迎仪式，随后便到这位夫人的别墅去做客。我们在里巴市过的一个充满中菲两国人民情谊的下午，至今难以忘怀。

卡迪格巴克夫人陪同我们参观了里巴市广场、天主教堂和修女院，又参观了由她主办的一个博物馆。她看来对考古学也很感兴趣。据她自己说，亲自参加过里巴市的若干次文物发掘工作。在她主持的这个博物馆里，陈列了若干从她的故乡地下发掘出来的宋、元、明、清的中国瓷器、陶器和古钱，也陈列了西班牙侵占菲律宾年代遗留下来的若干宗教雕刻以及银币等等。卡迪格巴克夫人多次访问我国，她的别墅里排着中国书画；她珍藏着访问我国时宋庆龄同志会见她的合影；她一定要我们和她一起站在放置中国文物的陈列橱前拍照留念；她多次告诉我们：中菲两国人民有悠久的文化和商务来往的历史，两国人民一直是友好的，我们要发展这种友好传统。

当然，这个博物馆规模不可能很大，因为它到底是私人经营的。不过，我以为在一个小小的城市里，有这么一个小小的博物馆也好。它的许多实物，我以为是对当地人民，特别是青少年进行乡土和爱国教育以及文化、艺术教育的生动教材。

在我看来，我们是否可以考虑在某些县里兴办小型博物馆？陈列各地从地下发掘和发现的那些石锛、石斧，那些石纺轮、石锄、石杵，那些陶罐、骨针，那些铜锡合金的青铜器皿，那些鱼类化石，那些鸟蛋以及蜥蜴的骨骼化石，那些古钱、铜镜和古剑等。按国家有关法令的规定，在许可范围内，是否留一小部分在当地公开陈列？是的，我以为，如果条件允许的话，某些县可否设置小小的博物馆？把地下出土文物以及当地历朝历代著名文化人物的著作、书法、手迹和其他遗物等一起陈列出来，随时搜集，随时充实；陈列多少文物，可以不拘一格，不一定求全，但很需要具有当地的地方特色。如果一个县里能兴办一个小小的博物馆或文物陈列室，这不仅在当地增加了有意义的文化、教育活动的场所，仿佛还能够使那里的文化气氛显得浓重起来。

结束的话

匆匆忙忙地写了几则《访菲观感》，本来还打算再写几则这方面的短文，但觉得匆忙中写出来的文章，总显得粗糙，考虑不周，甚至有错误之处，因此就暂且打住吧。

由于社会制度的关系，在菲律宾的美丽的国土上，必然存在若干资本主义社会的明显特征。例如，在马尼拉的大街上，在热带花树和日光的照耀下，有摩天大厦，有豪华的商店、大银行、大饭店，大街上汽车多极了；与此同时，我们随时可以看到那些贫苦的儿童、青年在街上卖报、卖香烟，他们的收入却是微薄极了。贫富的天壤一般的悬殊，在那里是显而易见的现象。

到了国外，会在某些方面的对照下，深深地感到社会主义制度的优越性。要珍爱我们国家的社会主义制度，时刻在心中记住，我们得到这样的社会制度何等不容易！

1982 年 4 月 5 日，写毕

（连载于《福州晚报》1982 年 4 月 1 日至 29 日）

北戴河风景画

月亮（之一）

晨，三时半起；沐毕，已四时。记得我曾在一篇散文里，写到我对于一个小山村霜夜里月亮的感受，以为它好像一朵黄玫瑰；此刻，我对于北戴河上空的月亮，也同样感到它有如一朵宁静的玫瑰。

从中海滩住处到西山（莲蓬山）山麓，沿着一条弧形的海岸线前行。因为时间太早了，行人很少。路上，我几乎可以一任自己的幻想自由驰骋。我一边走，一边从站在海岸上的松树的枝间看月亮，竟然觉得这一朵天上的黄玫瑰，发出一种矜持的、含蓄的微笑。

月亮（之二）

我想，蒙娜丽莎的作者，也许曾从意大利海湾上空的月亮上得到启发，才画出了这谜一样的微笑。我记得，很早就有人论述过，希腊雕刻和绘画艺术，有一个主要的特征，这便是表达一种伟大的沉静的心灵，无论在表情里，还是在姿态上。

当然，我自己这里所说的只是一种推测。这种推测，作为个人的一种内心活动或一时的设想，是可以的，作为对于一幅名画的某种论断，则不可。这一点，我是清醒的。

山道上

至西山麓，看一下表：四时二十五分。沿着宽阔的山道缓缓上山。道旁的路灯还亮着，有若干蛾和甲虫，在乳白色的、杯形的灯前飞来飞去。我还看见一只白蝴蝶，也在灯前飞来飞去。我以为，这只稚气的蝴蝶，对于生活虽然缺乏经验，但它正在明辨：这路灯所发的光与它在白昼里所习见的光并不一样。

我听见有各种鸟声，自山道两边的林间传来，从松林间传来，从苹果园、梨园以及杂木林间传来。这是啄木鸟的歌声？是山雀和黄鹂的歌声？这歌声，有的如小笛在林中吹奏，有的如手风琴在林中弹奏。我想，也许是那松枝的芬芳、那梨和苹果的芬芳，以及蒲公英和野菊的芬芳，使林中各种禽鸟的心情特别快乐，所以它们才歌唱起来了，吹奏起来了……

日出

约五时，登上观海亭。这是我到北戴河以后，第二次登上西山之巅。

刚进入亭中，凭栏坐下，我便看见太阳从东方一大片紫云、一大片暗红的烟霭间升上来。这种为我所表达不出的，美丽的、朴素的景象，使我振奋，使我心中产生种种联想。我想，此刻北戴河的初升的太阳，好像一只春秋战国时楚国的红色漆器（这个联想有点怪异，但的确有如此的联想从心上一闪而过）。我看到升入海湾中间的东山以及鸽子崖的远景，又联想到它们好像一座古代的石城和碉堡，太阳正从它们的后面升起来。

下山时，我坐在一块石头上，把这些联想追记下来，但总觉得不能使我自己满意，深感这些用文字追记的"联想"，远不及刚才从心间浮动起时那么生动。当时，这些"联想"与我心中的赞美之情同来；而在追记时，我的情感却已经比较平静了。

老妇

有一些到观海亭看日出的不相识的人，和我一起下山。其中有两位老年的妇女——我看到她们的鬓发，和我一样，已经花白了。是的，她们的年数应当也不小了。她们从事什么工作？是教师吗？我不清楚。她们一路上不假思索地、随兴而发地谈论着，谈兴很好，很乐观。我没有留心去听她们的谈论，我倒想赶紧走到她们两人的前面去，好独自在路上边走边在心中思考一些什么。但她们的步履很健，走路的速度和我相近。一会儿，我忽听其中一位说："我看，早上太阳升起时，又圆又大又红，好是好，只是没有看到它从海面升起，而是从云中升起，真遗憾！"

另一位赶紧说："干吗一定要看它从海上升起？今天，看见它从一团团暗红的云雾间升上来，倒使我感到很满意。明天天明前，我还想再来，看看又会是怎样一番景象，那才有意思呢。”

我边走边听这两位老年妇人的谈论。不知怎的，我感到后面这位老妇的话，其中似乎含有某种美学观点，对我有启发，能够为我所接受。

云

晨，近五时，漫步行至老虎石，登上一块礁石坐下。我看到，今天早上北戴河天空中云的色彩、形状，十分丰富。最先引起我注意的是，天上出现了一只云的孔雀，这只孔雀，用浓墨色的、淡墨色的、灰色的鱼鳞状的云朵，织成奔放的双翼和孔雀屏，在黎明灰蓝的空中，缓缓地飞翔（几乎不易觉察地在飞翔）。在它的近处，呵，在它的淡墨色的双翼下，我看见又有淡墨色的云、乳白色的云，凝聚成极似我在泉州开元寺所见的拱梁上木雕的飞天的形象。而孔雀的形象也好，飞天的形象也好，在我的眼中，觉得都有一种我国古典写意画和雕刻艺术的美感，一种东方美术的情趣。我正在赞叹间，顿然看见孔雀屏上的鱼鳞状的云，染上发光的柠檬黄和玫瑰黄，飞天的双翼上，或则染上发光的玫瑰红，或则染上桃红。而这时东方上空一团团、一堆堆的云，则染上麦黄、堇紫，染上火焰一般的深红、胭脂一般的浓红、石榴花一般的嫣红……而这些五色斑斓的云彩，不知怎的，使我突然想起毕加索在玫瑰时期某些作品的色彩，想到赵无极某些作品对于色彩的感知。我想：西欧若干杰出的画家，是否也从秋天的树林以及海滨上空黎明的霞彩中，得到了某些光和色彩的启发？

（首发于《十月》1982 年第 4 期，收入《灯火集》）

旅途短章

八大山人

6月6日。南昌。今日为农历端午节。不知何故，早餐时，心中忽地暗自想道：此刻的旅程如果在湖北秭归抑或在湖南汨罗，该多么好。

下午，参加一个座谈会。我在会上边想边讲。原来是想表达一个主旨，即要提倡散文以及散文诗，不知何故，却谈起八大山人的绘事来了；我以为他在我国美术史上，一如李白在我国诗史上，是一位古典现实主义的艺术大师；不可以把他的具有高度概括力量的夸张表现手法视为荒诞。他以中国写意画的独特的、创造性的艺术语言，表达了画家自己的情绪、他对于时代以及周围生活的深沉的感受；他所作山中雪景和其他山水画，具有古代赣江流域山水的乡土色彩和画家的赞美之情，等等。这大约出于昨天至南昌近郊青云谱观赏八大山人书画后心中的激动感情，至今还未消失。

他的笔墨的省俭和简洁，他的传神，他的从画意中间传达出来的诗情以及民族风格，我深深以为可以在自己的创作实践中予以认真揣摩的。

民间小戏

6月6日。我想，我国民间小戏以及若干地方戏曲艺术的表演，往往令人赞叹。晚，看南昌采茶戏《书记打锣》和赣剧小戏《万家富》。这是两个表现当前农村生活的小戏。以一种诙谐的、质朴的艺术表现手法，一种我国民间艺术特有的、富于生活情趣的表演艺术，赞颂我们党的三中全会以来农村生活的变化，嘲弄"左"的流毒，生动而活泼。

《书记打锣》中，以赣剧（古老的剧种！）的舞蹈和音乐语言，描绘一位农村兽医"结猪"（阉猪）的生活情节，竟能唤起我的美感。这种表现生活的艺术本领，使我大开眼界，更是使我感动。

烟水亭·浪井

6月8日。晴。上午游烟水亭，访浪井。烟水亭有江西历代瓷器的专题陈列；各代各种器皿的造型和釉彩，表达了我国瓷器艺术所取得的极高水平；民间艺术家的身后，往往没有留下他们自己的名声，仅仅留下传世的杰作。

离开烟水亭时，在亭前眺望甘棠湖。有人说过，湖水会照见庐山的双剑峰的倒影。九江天晴，而庐山有云雾，伫立良久，没有看到什么山影。

出烟水亭后，往访浪井。浪井者，传为汉高祖时名将灌婴所凿；又传，长江起浪时，此井中亦有浪生。我从井口往下看，这口古井深极了，但没有看到什么浪影。

就寝前，忽地无缘无故地想起苏轼来。哦，有这么一点想念：是否去湖口县一行？在那里看鄱阳湖的帆影以及看看今日的石钟山？

1982 年 4 月 15 日，整理

（收入《灯火集》）

溪边的造船厂

有六棵高高的棕榈树，生长在造船厂前面的广阔空地上。

在这临溪的山村，每一家的门前屋后以及晒场的土墙边，都种植着棕榈树。棕榈树梢，一大丛扇形的宽大叶子，在风中轻轻地摇摆。

仲夏的明朗的早晨。灿烂的阳光。村庄上升起袅袅的炊烟。村后，起伏的山峦，苍郁的森林，仿佛在吹出淡蓝的烟霭。

造船厂里传来金属敲击的声音，清脆而悦耳……山村的造船厂，它和这里的许多村屋一样，前面种植着棕榈树。没有看到船坞，也没有看到起重机。哦，村里原来有三位造船的师傅，大家合计合计，从生产队里，调来几位学过一点木工的社员，便把村里临溪的那座临水姑娘宫改造成为造船厂了……

山村的造船厂，从成立以来，这里已造出多少只木船呢？有那在溪中撒网捕鱼的小渔船吗？有那船身宽大、两端尖的货船吗？能造出三桅的大木船吗？那过溪的渡船也是这里修造的吗？

沿着慢慢倾斜的溪岸走下去，一直走到铺满浅黄色细沙的溪滩上，那里停放着两只新造的木船和一只已经修补好的旧木船。那溪滩上，有八九个人围着木船，有站着的，有蹲着的。

他们在谈论着一些什么呢？

看呵，溪岸上，从造船厂的棕榈树后面，好几个人抬着什么来了？哦，他们抬着一只新造的木船沿着溪岸走下来了；在沙滩上的那些人，都涌上前去，一起帮助他们把木船抬下来，又一起帮助他们把这只新木船和那三只木船安放在一块了……这里是造船厂的船只下水的地方吗？

沙滩前面，碧绿而清澈的溪水，好像刚刚涨潮的海水一般，冲刷着沙滩。

看呵，溪滩上，许多人在推呵，推呵；有的人涉水站在溪中，在推呵，推呵；那四只木船：三只新造的木船，一只刚修补好的木船，便这样下水了，进入溪流中了。有人跳到船上，把竹篙撑着；有人跳到船上，掌起舵来。四只木船：三只新造的木船，一只刚修补好的木船，便结成队伍，在这碧绿而清澈的溪流中航行了……

是哪些地方到这里来订购这些木船呢？是邻村的生产大队来订购和委托修理这些木船吗？四只木船，一只跟上一只，在这溪流中，结成队伍航行了……

不知什么时候，村里的许多小孩子也跑来了。他们在溪滩上，跑来跑去，拍手欢呼。仲夏的明朗的早晨。灿烂的阳光。村庄的屋顶上，升起袅袅的炊烟。村庄每一家的门前屋后，许多棕榈树，树梢一大丛扇形的宽大叶子，在风中轻轻摇摆，好像在欢送这些新下水的船只，欢送它们的初次航行……

1959 年

（收入《灯火集》）

山海关五章

大道上

七时，车发。自北戴河至山海关的大道上，以及两旁的树影间，时或看到马群和牧马人，又时或看到马车结队而过。

这情景使我欢喜。

我发现自己的心中，似乎还保存一种儿童时代对于马的稚气的感情。想起来，为时已甚遥远而情景如在目前。那时，我七八岁吧，还在私塾里就读，常跟一位堂兄到故乡近郊的梅花亭去（那里有一个马站，即租马去旅行的地方），看许多马匹站在河边龙眼树下吃草的情景。车行间，我还想起这样的情景：那时，我很爱画画，我用树枝在泥地上画来画去，想把马在吃草的形状描绘下来……

也许由于我刚刚在北戴河住处读毕《卓别林自传》吧？车行中，我不觉想起这位伟大的天才，童年和他的母亲在伦敦生活的某些情况。卓别林描绘他小时坐马车的情况，虽然只有一句，却使我深感兴趣：

　　……记得那些琐微细碎的事情；记得怎样和母亲坐在公共马车顶层上，我试着去触那掠过去的紫丁香树枝……

这种描绘是很生动的、真切的。我联想到，卓别林从马车上所看到的、那掠过去的紫丁香必定是很美丽的。

古道

车行中，我一边在心中想来想去，一边注视着过路的马群、牧马人以及马车。这山海关的大道上，马真多。呵，那些棕色的、花白色的马，那些褐色的马，项上系着红缨，打扮得有如过节一样。

在快到山海关时，我从车窗里向远方眺望：除了一些村庄外，我看到一大片又一大片的苹果园、梨园、高粱地；蓝色的天穹低垂，有一种我国北方土地的辽夐的气象。

不知何故，我忽地在心中设想，远处那些绿色的苹果园、高粱地，在往昔的年代，也许是一条古道？我又设想，在那下着北方的冻雨的日子里，在那泥泞的古道上，在那雪封的古道上，我国古代的将军和士兵，骑着战马奔驰向前，去抵抗外寇的侵扰！

在暴行面前，人人都是勇士。在我的心中，忽地想起一句谚语来了。

眺望

八时三十分，登山海关。站在城墙前，北望燕山起伏的冈峦间，万里长城的城墙以及城堡，若现若隐。此时，内心情感和思想活动，颇为复杂：

有一种我国山河的壮丽之感；

有一种民族自豪感油然而生；

有一种对于我国人民以及祖先的崇敬之情……

我想，从公元前二世纪至公元十四世纪末叶，持续地坚持下去，在我国北方辽阔的国土上，修筑一座如此伟大的工程，我深深地感到我们的土地上有一种伟大民族的精神感召的力量；感到有一种民族的光明的信念，有如一朵火焰自心中升起……

烽火台

站在山海关的城墙前，我看见北面的冈峦上，有一座黄土筑成的、方形的碉堡一般的烽火台遗迹。我自认为此刻我所眺望的这座黄色的历史遗迹，其火焰至今并未熄灭。

古炮和鲜花

不知道他人看到了，有什么感觉？在山海关城楼前的空旷的城墙上，我看到一尊停放那里的古炮，对它有一种庄严之感。我在它的前面不觉伫立许久。就在这尊古炮的附近，在一棵松树的树荫下，砖隙间生长出一丛青草，开放几朵黄色的郁金香一般的鲜花。我在这些不知名的鲜花前面，又不觉伫立许久。

我的心中有一种庄严的思想：我认为这古炮与今日开放的鲜花之间，有一种庄严的关系。

（首发于《文汇月刊》1982年5月号，收入《灯火集》《郭风散文选》）

报春花

    去菲律宾访问之前，我在严文井同志家里，看见他的客厅里挂着一串报春花的花环。这是他 1979 年 11 月间访问菲律宾时带回来的，已经两年多了，那花环上一朵又一朵金色的花朵，并未凋谢。我自己到菲律宾后，在碧瑶的山景公园，也看见花店里出售报春花的花环。这使我十分高兴。不知怎的，我一下子想起，回国时，要给冰心同志赠送这种不会凋谢的鲜花做成的花环，以表达我对她的敬意和祝愿。

    菲律宾的草地上、住宅的路边，有许多美丽的鲜花，例如热带兰花、叶子花以及鸡蛋花等，都很美丽。但我更喜欢报春花，它开着金色花，很像我国的菊花。它很朴素，给人一种情感深沉的美感。它不会凋谢。哦，菲律宾的一位华侨友人告诉我，这种花也叫永久花。

    现在说来，已经是去年了——从菲律宾回国后，12 月 8 日上午，我携带报春花的花环来看望冰心同志。我到时，她正在客厅里接待一位客人。她的女儿请我先在她的卧室里，也是她的工作室坐一会儿。那时正在召开全国人民代表大会，她的书桌上放着许多文件；那一份翻开的文件上，放着红蓝铅笔和眼镜。显然，她刚才还在阅读文件，随后到客厅去会客了。我很快感到，她的工作室（卧室）虽然很整洁，但显得小了，有许多书籍、报刊已经放不下了。

我曾听人家谈过，有关部门已决定拨款，准备为冰心同志修造一座住宅，但她不同意。

我想，简朴是一种美德……

冰心同志把我请到客厅。一进门，我便把花环挂在她的胸前。她笑着问："怎么的——为什么给我戴上花环？"

我说："我给您带来不会凋谢的花，它叫报春花！祝愿您……"

她说："哦！这花真好！"接着，问："你今年多大了？"

我说："1918 年生的……"

她说："还是年轻人！"

我不禁笑了。我在心中想道：我也很老了。但在您的面前，我始终是一个小学生。像一些和我同辈的作家一样，我们在儿童时代，便接受了冰心同志的作品给予我们在精神上的哺育……

我在第四次文代会时看到冰心同志之后，一直没有机会再到北京看望她。这中间，我听到有关她的喜讯：在她八十寿辰时，首都的少年儿童以及儿童文学界的同志，曾携带鲜花，到她家里向她祝贺和表示深深的敬意。但我也听说过，她患过脑血栓，住过院……

现在她很好。这实在使我欢喜和欣慰。这天我看到冰心同志，竟和我在两年前——或者可以这样说，和多年前几次看到她时所得的印象一样：十分硬朗、乐观和富有风趣；和她谈话间，更感到她的思考力、记忆力很强。

她面前的茶桌上，放着一份约稿信。她告诉我，叶圣陶同志从事教育工作七十年了，许多同志想纪念他对于我国教育事业的杰出的贡献，她也想写篇文章表达心意。

她说："叶老是多么好的人呵，他自己却不愿意人家声张开来！"

交谈中，觉察到冰心同志对于她同时代的、几十年来在文艺和教育战线上一起战斗的同行者，怀着一种真挚的情感，怀着一种深切的关注和敬重之情。

那天，有位摄影记者来看望冰心同志。他建议为冰心同志和吴文藻教授拍一合照，他们答应了。正当摄影记者在调整镜头时，冰心同志注意到文藻同志的风纪扣未扣好，边帮他扣，边说："这么老了，还是不整齐！"

吴老点点头，和冰心同志一起把自己的风纪扣扣上了。

老实说，这家庭生活中一个小小的细节，使我深深地感动了。

其间，摄影记者又约冰心同志到她的书房——即上面我写到的，她的卧室兼工作室去拍照。冰心同志从沙发上站起来时，我才发现她要按着沙发的把手才能站起来。但当有人要扶她到书房去，她却不同意。她拄起手杖，步履仍然是矫健的。

这时，我才知道，冰心同志从前年住院治疗，健康渐渐恢复以后，便坚持每天下床散步，以锻炼体力。一天，不慎摔倒了，右坐骨摔碎了，要动手术。当时，她的家人以她年事已高，不同意进行开刀接骨的大手术。但冰心同志坚决要照医生的意见办。她抱着信心，深信能够治疗好。她多么坚强呵。她多么有毅力呵！

　　冰心同志坚忍不拔地为我国的文艺事业奋斗几十年，至今还在不停地写作，她的作品一篇又一篇呈献给我国的工农兵群众和少年儿童，就像一朵又一朵不会凋谢的报春花。我们感激她，同时认真地学习蕴藏在她心灵间的美丽的品质。

　　（首发于《工人日报》1982 年 6 月 2 日，收入《杂文集》）

松坊村的溪流

　　松坊村是一座位于闽北深山中的小山村。我小时，曾和爸爸、妈妈，还有哥哥在那里住过将近两年。在我们的村里，有两条小溪，一从东面山中流来，一从西面山中流来，然后在我们的住屋前面汇合起来，又从山口向北流到浙江境内去。在两条小溪汇合处，搭上一座木桥，过了桥，走一段溪边小径，便到了村里的水磨坊的木屋前……

　　那时，我还很小，我现在还记得很清楚，那水磨坊有一只巨大的木轮，在溪水的冲击下，不断地转着又转着，不断地挥着一串串的水珠，非常好看。不过，记得当时最使我感到有趣的是，有好多好多的小溪鱼，冲着转动不止的大木轮下面的激流游来游去，而且一会儿又一会儿地跳到水面上来！

　　这水磨坊的木屋里，有七八只石臼和木杵，屋外面的大木轮转呵又转呵，屋里面的木杵便在石臼里舂米。我们到松坊村后不久，村里便下了一场雪，那水磨坊的屋顶都铺了雪，可那大木轮还在转着又转着。那天一早，爸爸便带着我踏雪过桥，来到水磨坊里。只见屋里一位邻村的老农民正在舂米，他看到我的爸爸，便说："刚才有一只山麂，从这里跑回山上去了！"

　　这位老农民是赶着雪天，一早来舂米的。当时，他挑着谷子刚要走进屋里，一只小山麂便从门口往山上跑去！我睁眼望去，从水磨坊门口到山中树林去的雪地上，还清楚地留下了一只一只羊蹄似的足印。我们住在松坊村里，常听说雪天时，便有野兽从山上跑到村里躲寒，譬如，小麂有时还会跑到农民家的灶下躲寒，等等。

沿着水磨坊边溪岸上的小径，可以走到东源垄去。闽北人称山沟沟为山垄，具体说来，便是小溪和两边山冈所形成的狭长谷地。东源垄的深林中有一座自然村就叫东源村，那里的农民有的是猎户，有的是养蜂人。我的爸爸曾带我到东源村去玩。只见村里各户人家住的都是木屋，屋顶盖着茅草，屋前的木窗下挂着兽皮，譬如灰色的狐狸皮呵，金红的果狸皮呵。另外，每家的屋檐下，都有几个蜂箱，蜜蜂在嗡嗡地飞舞、鸣叫。村里有一位老农民，是抓黄鳝的能手。有一次，我跟爸爸到东源村来。我们正沿着溪岸上的小径往前走，忽然看见前面有一位中年农民，一手端着一只小木盆，一手拿着一根长长的铁丝，一边走，一边看来正在注意溪中有什么动静……正当爸爸和我走近他时，忽见他把手中的铁丝向溪边的一个小小泥洞里钻进去，过一小会儿，他把铁丝一拔，却见一条黄鳝全身拨啦拨啦地摆动着，被他的铁丝活活地钩出来。这位中年农民是爸爸的好朋友，他告诉我们，黄鳝都躲在溪边的小泥洞里，这种鱼很贪吃，那铁丝末端的小钩上挂一小块蚯蚓，一放进泥洞，黄鳝马上就来吃，结果给钩上了，这样把铁丝一拔，就把黄鳝抓到手了。记得那天爸爸和我一直跟着他沿溪抓黄鳝，等到我们一起走到东源村里，他的木盆已满满地装上近三十条黄鳝。那天，爸爸和我便在他家里吃午饭，桌上便有用黄鳝做的鱼汤，饭后还喝了用蜂蜜泡的桂花茶。那天的情景，现在想来还觉得很有趣味。

当然，我的爸爸也带我到西源垄去玩。村里西面的小溪流过的山沟，当地农民便称它为西源垄。西源垄的溪面比东源垄的阔，但很险峻，因为通西源垄的都是陡坡上的小山路。我记得走西源垄时，树林很深，很密。走得深了，便见山上除杉树、松树外，还有枫树以及其他的杂木林。我们走到半路时，便闻到被山风吹来的果香，听到一阵阵禽鸟欢乐的鸣声。待我们走上前来，便看到溪边有一片野生的杨梅树，在浓密的树叶间结着好多果实，有红的，有墨红的，有的还未成熟，是绿色的。只见那些杨梅树的树枝，给果实压得低垂下来。白头翁、黄鹂、山雀们在树枝间飞来飞去和鸣叫，还有蜜蜂也在飞来飞去、嗡鸣。爸爸忙把我抱起，让我自己在垂下的枝头摘取杨梅。那天，真是吃得多么愉快呵。记得爸爸曾对我说："这野杨梅树长在山溪边，水分多，所以长得好，果实又酸又甜，好吃！"

沿着溪边陡坡上的小山路，爸爸带我到一家农户的门前。这里没有自然村，这一家农民独户住在这里。它的木屋盖在溪边的一片斜坡上，屋后是一片杂木林。这家农户的主人也是一位老农，又是这一带山区里很出名的猎手。我至少还记得这位老农满脸皱纹，但头发没有一根是白的，牙齿雪白，两目炯炯有光。他是我爸爸的朋友。当爸爸和我走进他的木屋，这位老农立即迎上来。他的背后跟着一只猎犬，见到我们来时，还不住地摇尾巴，当我们进屋坐下时，这只猎犬便一声不响地蹲在老农身边，有时也摇摇尾巴。

这位老农的木屋有一个大窗，临着前面的溪流。记得我们当时便在这窗下的一只木桌前坐下。老农民拿出一碟盐渍的杨梅，一碟用盐炒的小板栗。我现在还记得，他家里的这些果品多么可口呵。那天，爸爸和这位老农民有说有笑，不知说些什么知心话和有趣的事。我和那只猎犬好像很快便熟了，只记得我蹲在它旁边，不断地逗着它……

忽然，听见一声猎枪响，木屋的窗口一时弥漫着硝烟，那只猎犬闻声，立刻从木屋里飞快地冲出去，向溪边的芦苇丛里跑去……

这位老农民真是一位好猎手！原来他和我的爸爸谈谈笑笑时，还注视外面的动静；即便在谈笑间，居然也能发觉溪边有一只山雉正从芦苇丛间走出来，到溪边喝水，这样，他一下从墙上取下猎枪，向那只山雉瞄准，开了枪……

前两年，我的爸爸出差闽北，特意抽空到松坊村去，在那里住了两夜。他也去东源垄和西源垄看看过去的老朋友。回福州时，他告诉我，以前的那水磨坊已改建为一个小型水电站，各村不仅有电灯，且用碾米儿碾米和面粉。两条山溪的岸上，都种了柑橘，村里各户还养蜂。以前的老朋友都活着，西源垄的那位农民伯伯，已经七十多岁，他的木屋改成一座水泥的小楼；现在，他有时还打猎。爸爸回来时，便带了四支山雉羽毛，说是那位农民伯伯特意送给我的，他至今还记得我。

（首发于《文学报》1982 年 9 月 24 日）

碧瑶市和里巴市

××:

到菲律宾后的第五天，11月21日，我们从马尼拉来到碧瑶，在这里的一所叫作"教师营地"（Teachey Camp）的招待所住了三天。

在一年之间都照耀着夏季般的日光和开放着鲜花的国度，碧瑶是一个像我国庐山那样的、风景很好的地方，气候凉爽。你知道，我在植物学方面的知识十分有限。不知怎的，当汽车离开高速公路，开始在一条通往碧瑶的山间公路上行驶时，我便一直从车窗里观察出现于窗外、大地上的植物群的变化。的确，我注意到了，椰子林渐渐地少了。但直到汽车在半山间的公路上盘旋上行时，我还看见山谷的梯田间、山坡上，时或出现芭蕉林、杧果树、人心果树；还看见聚集着颇富民族色彩的浮脚木楼的村集附近，种着开放各色鲜花的鸡蛋花和菲律宾人称之为Santan的花树。凡此，均使我感到，这里即在高山间，自然界所表达的热带情意，仍甚浓重。及至抵达"教师营地"后，我开始看见许多松树，看见远处的山峰、岩石以及松林间，有云雾缭绕或随风飘飞，至此，碧瑶的自然风景，在我目中，颇具一种中国山水画的画趣了。我还看见许多开放于山径边的紫杜鹃花、淡蓝的绣球花和木芙蓉。这些在我国习见的鲜花，我想，在菲律宾可能只有在碧瑶这样的高山地区才有了？我又想，在我国杜鹃花开放于暮春四月，如果允许人们以某种鲜花的开放来标志某一季节（或月份）的话，可否说碧瑶的11月正值我国南方的4月？

在碧瑶，每日我都很早起来，在松树林的小径间散步。夜间好像都下过热带山地的阵雨，松枝上时或有积雨滴落下来。这几天早上，当我穿过住处前的砾石路走进松林间时，都看见有一些儿童骑马跑过林前的环山公路。都是一些棕色的马，也有小马驹，项上系着铜铃……我想起自己小时也喜欢马，至今还爱马。有一次，我看见两位西德儿童和菲律宾儿童一起骑马跑过林前的环山公路，马铃叮叮当当地响。不知何故，我忽地有个想法：什么时候我的想象能力能够飞翔起来，能够写一篇儿童故事，描写几个国家的儿童在一个童话世界般的树林间漫游，表达国际儿童间的某种友谊，那该多好。后来，我知道就在我们住处附近有一个马场，但我们没有去过。

从"教师营地"的松林间，俯瞰碧瑶市，只见它好像被装在一个绿色的山谷和树林中；不，是否说得明白些，它那许多有红色、粉红色、黄色，咖啡色屋顶的屋宇，好像彩色的积木和儿童玩具，被装在一个绿色山谷里？我们到碧瑶的次日，曾经驱车到市区去。我觉得它有一种山城的风度，它的道路从山崖间开辟出来，商店建在山坡上。那天，我们在市里一家具有西班牙风格的咖啡馆里用午餐。这家咖啡馆给我良好的印象。首先是，我看到它的玻璃橱窗里，种满一种菲律宾人称为 Common Fein 的生意葱茏的蕨草，室内的壁上、台上放满盛开的热带兰花。呵，这里也得说得明白些：在菲律宾，热带兰花开放粉红、深红、麦黄、堇紫等许多色彩的花朵，而这家咖啡馆的热带兰花，开放的全是雪白的蝴蝶一般的花朵，这实在使我欢喜。咖啡室很小，我反而因此感觉自己是坐在白色的兰花和青色的蕨草中间。我们坐下开始喝中国茶没多久，我听见年轻的赛利娜小姐（1979 年，她随菲律宾作家代表团访问过我国）坐在钢琴前弹起来，唱起一首当地的民间歌谣来，有人立刻弹起吉他伴奏起来。那吉他有一种民族乐器的独特音色和旋律的表达方式，我很爱听。

我还想略为向你谈谈，我对于这家咖啡馆楼上附设的一个小小美术馆的印象。这个美术馆陈列某些古代部落使用的矛、剑、木制盾牌以及打猎的获利品兽皮等；陈列各种富于民族色彩的陶器、木雕人头像以及村间手工艺艺人编织的衣饰上的图案花纹；挂着各种流派的油画、粉画、水彩画、丙烯画以及蚀刻画等。我在一幅油画前站立许久，此画用传统的写实手法，冷静地又如沉思一般地描绘丛生椰子林的马尼拉海湾的日落风景。又在一幅粉画前徘徊良久，此画运用后期印象派的手法，表达热带兰花的内心世界和画家的赞叹之情，富于色彩的热情和节奏感。我以为，此两幅画各自表达一种民族情感和风土情意，手法不同，都很动人。

从碧瑶回到马尼拉的次日，11 月 24 日，菲律宾经受一次台风的强烈侵袭。到第二天看报时，才晓得还有海啸。11 月 26 日，台风刚刚过去，我们到吕宋岛西南部的里巴市来。我坐在车上，想来想去，曾设想在几千万年以前，史前或在冰河时代刚刚过去不久，天空中卷着我未曾见过的云，卷着黑色的、翻来覆去的、从火山中喷发出来的云和灰烬，而火焰一般的火山岩浆沿着陡坡和石头四处横流，燃烧和淹没树木、野花以及原来在草树间飞来飞去的各种昆虫……呵，是的，我坐在车上，设想菲律宾的大自然、土地和人民所经受的各种考验……

据说，就有史可考者而言，里巴市因火山爆发曾三度迁址。由于几次火山爆发，那从空中纷纷落下的灰烬的堆积，使里巴地区成为一座滨海的高原，气候凉爽。我们到里巴市时，已到日午时分。市长在市政府举行欢迎仪式。随后，我们和菲律宾作家协会主席卡迪格巴克夫人一起乘车到市郊她的别墅去。她的别墅环抱在多种热带果树的一片绿色和鲜花的彩色之间。因为她多次访问过我国，宽敞的客厅以及餐室前的小客厅里，都挂着若干中国友人赠她的书画，其中有一幅为齐白石的作品。卡迪格巴克夫人在别墅的树林间搭了一座用新割下来的茅草铺盖的长廊，请我们在里面吃烤牛——我们到时，烤牛的炭火还在熊熊燃烧。我能理解，她是在向我们表达了菲律宾作家对于我国人民的友谊。

里巴市有几座天主教堂和一座修女院。卡迪格巴克夫人陪同我们参观一座据云始建于十八世纪的天主教堂，它坐落于该市广场上。我对于宗教艺术十分陌生，不过我觉得这座教堂里圣母的塑像和那些描绘有关耶稣和福音书的故事的壁画，多少传达一种肃穆的美感。教堂的有圆顶的钟楼上，钟声鸣响，我们来时，有一对乡下人正在举行婚礼。我们通过菲律宾翻译，以当地语言向新郎新娘及其亲人表示祝贺。卡迪格巴克夫人还是一位考古学家，曾在里巴市附近进行地下文物的发掘工作。她邀请我们参观位于市里一条深巷中的、她的私人博物馆。她特别提醒我们欣赏陈列橱内的中国古钱、彩陶器、瓷器，其中包括宋代龙泉窑青瓷。这个博物馆陈列不少史前的文化遗迹，如石斧等，还有若干古代部落间斗争用的矛、弓等原始武器。这说明里巴市一带有丰富的地下文物，而这许多陈列在博物馆的文化实物，我以为对于当地人民了解祖先的生活情况、提高民族意识会有所帮助。

在回到马尼拉时，在车上我忽然想：在里巴市某些地方进行发掘，也许会发掘到一些化石，例如海滨的蛤或螺的化石、史前的瓢虫或玫瑰花瓣的化石。火山的岩浆有可能在这里的岩床中写下远古的自然历史。不过，这只是我的一种想象而已，想象当然不是科学。那么，这次的信就写到这里吧。晚安。

1981 年

（收入《杂文集》）